하루사용설명서

내 삶을 사랑하는 365가지 방법

하루 사용 설명서

김홍신

해냄

괴로움이 없고 자유로운 사람이 되기를

인생에서 고뇌와 갈등, 근심과 걱정이 있는 사람은 이미 행복한 사람인지도 모릅니다. 하지만 생각이 많은 사람은 늘 괴롭습니다. 인간은 한순간도 생각에서 벗어나지 못해 생각의 노예가 되기도 합니다. 저는 더 이상 생각하지 말자는 생각마저 하지 않으려고 애쓰는 경우가 허다합니다. 그래서 제 조급하고 복잡한 마음을 자유롭고 편안하게 바꾸어보기 위해 짧은 글을 써보았습니다.

강의 중에 제자들에게 메모하는 습관을 가져야 글을 잘 쓸 수 있으니, 매일매일 함축적인 의미를 담아 공감할 수 있고 화두가 될 만한 가볍고 짧은 글을 써보라고 하고 저도 함께 써보았습니다. 365일 동안 하루도 거르지 않고 쓴다는 게 참 쉽지 않았습니다. 못 쓰는 날도 많았고 방학숙제로 일기 쓰듯 며칠치를 몰아서 쓰기도 했습니다.

세상이 각박하니 누군가 소리 내어 울어도 관심을 갖는 이가 드문 세상이 되었습니다. 근심, 걱정이 많아서 불면증을 안고 살아가는 사람들에게 위로가 되는 얘기를 하고 싶었고 저도 불면증에 시달리기에 동병상련의 심정으로 썼습니다.

우리가 괴로운 건 원하는 대로 되지 않아서가 아니라 무의식적으로 꼭 그렇게 되어야 한다고 착각하기 때문입니다. 그런 내 생각의 함정, 내 마음의 함정에서 스스로 걸어 나와야 합니다. 내 자유와 행복을 누가 훔쳐갔는지 살펴봐야 합니다. 인생, 재미없으면 비극입니다. 기쁨과 고통도 행복과 불행도 내가 만드는 것입니다. 우리 모두 남의 시선에서 벗어나 괴로움이 없고 자유로운 사람이 되기를 빌어봅니다.

강홍신

차례

작가의 말 4

기쁘게 불러보는 날들 1월 11

혹한을 이겨내고 날아오르길 2월 45

당신을 향해 한 발짝 더 3월 77

꽃을 기다리는 동안 4월 111

사랑할 시간은 많지 않다 5월 145

정성이 깃든 향기 6월 179

맑게 흐르는 다정한 마음들 7월 213

뜨거운 햇살도 시원하다 8월 247

씩씩하게도 여물어가네 9월 281

스스럼없이 나누는 사이 10월 315

지나갔지만 남는 것들 11월 349

따뜻한 추억은 소복이 쌓이고 12월 381

기쁘게
불러보는 날들
1월

나를 위한 설명서

휴대전화 하나에도 사용설명서가 있는데, 하물며 사람에게 사용설명서가 없겠는가. 설마 슬피 울고 찡그리고 불행하게 살라고 적혀있지는 않을 것이다.

행복이 어디에 있느냐고 물으면 내 마음속에 있다면서 나는 늘 마음 밖에서 헤매었으며, 숨 쉬는 게 행복이냐 물으면 당연하다고 말하면서 속으로 고개를 젓고는 했다. 별고 없이 평균수명만큼만 살았으면 좋겠다 싶은 나이가 되자 아침마다 가슴에 손을 얹고 세 마디를 읊조린다.

오늘도 살아있게 해주어 참 고맙습니다.

오늘 하루도 즐겁게 웃으며 소박하고 건강하게 살겠습니다.

오늘 하루도 남을 기쁘게 하고 세상에 조금이라도 보탬이 되겠습니다.

버킷 리스트

죽기 전에 꼭 해야 할 일이나 하고 싶은 일을 적은 목록을 버킷 리스트(bucket list)라고 한다. 아마도 자신의 버킷 리스트에 여행을 빼놓는 사람은 거의 없을 것이다. 흔히 여행을 인생과 비교하기도 한다. 여행은 낯선 곳을 찾아가 즐기거나 어울리거나 편안해지는 것이기에 대체로 선호하기 마련이다. 하지만 막상 여행지에 도착해서는 기대한 풍광과 달라 실망하기도 한다. 인생도 그렇다. 인생은 열어보지 않은 선물 상자 같아서 기대한 것보다 많이 얻어 기쁘기도 하지만, 의외로 실망할 때가 많기도 한 것이다.

"다리가 떨릴 때 여행을 하는 게 아니라 가슴이 떨릴 때 여행을 해야 한다." 이는 나이 들어 여행하기 힘들 때보다 기운이 팔팔할 때 여행하는 것이 좋다는 뜻이기도 하고, 가슴이 떨릴 만큼 감동받고 세상을 여유롭게 바라볼 수 있는 게 젊음이라는 뜻이기도 하다. 버킷 리스트에 여행보다 더 소중한 걸 적어야 한다.

'마음이 젊어지는 법'을 먼저 기록하라.

마음이 넘어지면

빙판길에서, 또는 돌부리에 걸려 넘어져본 사람들은 안다. 아픈 건 둘째고 누가 볼까 봐 재빠르게 일어나게 된다는 것을. 사람이 살다 보면 넘어질 수도 있고 자빠질 수도 있다. 크게 부끄러울 건 아닌데도 남의 시선 때문에 후다닥 일어나게 된다. 그러면서 내가 잘못했거나 실수했다고 생각한다.

그런데 내 마음에, 내 생각에 걸려 넘어진 것에 대해선 벌떡 일어날 생각을 하지 않은 채 원망할 거리를 찾는다. 몸이 넘어진 것은 누가 볼까 봐 재빠르게 일어나면서도 마음이 넘어지면 보는 사람이 없는 탓에 얼른 일어나지 않는다.

몸이 넘어지면 누군가의 도움을 받을 수 있지만 마음이 넘어지면 스스로 일어나는 수밖에 없다. 그런데 마음이라는 것은 걸핏하면 넘어지고 자빠지고 주저앉는 변덕스러운 특질이 있다. 때문에 잘 달래서 일어나는 법을 가르쳐야 한다.

길흉화복의 이치

『토정비결』은 백의 자리 8개, 십의 자리 6개, 일의 자리 3개를 합해 144가지로 1년 신수를 연결하는 것이다. 우리나라 인구 5천만 명을 144가지로 나누면 대략 35만 명의 신수가 같아야 한다. 북한까지 합쳐 7천만 명을 기준으로 하면 적어도 50만 명쯤의 운명이 같아야 한다. 하지만 같은 사람이 단 하나도 없을 터, 길흉화복은 결국 내가 만드는 것이다. 복도 화도 저절로 굴러오지 않는다. 복이 들어올 수 있는 생활을 하라.

지혜로운 사람

대학의 한 제자가 강의 중에 물었다. 지혜로운 사람이 되라는 무수한 가르침이 있는데, 도대체 지혜로움이란 어떤 것이냐고. 선현들과 스승들, 책과 수많은 교훈들, 성인군자들의 가르침 속에 지혜로움이 가득하지만 그것을 어찌 짧은 문장이나 한마디 말로 간결하게 정리할 수 있겠는가. 고민 끝에 이렇게 정리해보았다.

'눈 밝으면 이미 보았고 귀 밝으면 이미 들었고 코 밝으면 이미 향기 맡았고 입 밝으면 이미 맛을 알았고 생각 밝으면 이미 웃었고 머리 밝으면 이미 알았고 마음 밝으면 이미 깨우쳤다.'

스승께 누가 지혜로운 사람이냐고 여쭸더니 딱 한마디 하신다.

"괴로움이 없고 자유로운 사람."

내 가슴에 쇠기둥 하나가 쿵 박힌 듯했다.

멍에 벗고 등불 찾기

신학대학의 저명한 교수가 가슴에 꽂고 사는 한 구절을 소개했는데 내 가슴이 뜨거워졌다.

"그리스도가 당신을 자유롭게 했으니 다시는 종의 멍에를 지지 말라."

우리는 세상의 주인이면서 늘 종처럼 살고 있다. 돈에 매달리고 명예를 좇느라 허덕이고 권력을 얻으려고 허리가 굽어버렸다. 그런 게 필요하다면 좀 더 당당하게 주인처럼 굴어야지 비굴하게 끌려다니지 말라는 준엄한 명령 같았다.

"네 안의 등불을 너의 참 스승으로 삼아라."

인간이라면 누구라도 한순간 마음에 등불이 켜지기 마련이다. 그 등불이 꺼지지 않게 하는 것만큼이나 등불의 의미를 새겨두는 것이 곧 지혜인 것이다.

비교하지 말자

중요한 약속이 있어 새벽에 일어나야 할 때마다 나는 자명종 시계 두 개를 일어날 시각에 맞추어놓고 잠자리에 든다.

아무리 정성껏 시각을 맞추어도 먼저 울어대는 시계가 있다. 그럴 때면 그 시계가 괜히 밉다. 먼저 울어댄 시계보다 1분쯤 늦게 알람소리를 낸 시계는 괜히 이쁘다. 내가 내 손으로 알람 시각을 정했으면서 먼저 신호를 보낸 시계를 미워했으니 누가 어리석은지는 따져보나 마나다. 만약 알람 시계가 하나뿐이었으면 요란하게 울어대도 그런가 보다 했을 것 같다.

우리가 행복하지 않은 것은 무엇이든 자꾸 비교하는 버릇 때문이다.

기쁘게 부르는 이름

세상에서 가장 존귀하고 사랑스럽고 자랑스러워 할 것은 자기 이름이다.

남들이 내 이름을 부르는 게 기쁨이 될 수 있는 삶을 살아야 한다. 그것은 어렵지 않다. 단지 시작하지 않았을 뿐이다. 먼저 내가 남의 이름을 기쁘게 부르는 것부터 시작하라. 내가 닮고 싶은 사람의 이름을 지금 불러보자.

남의 마음 읽기

우리는 흔히 남의 마음을 들여다보거나 읽는 초능력을 가지고 싶어 한다. 연인, 부부, 자녀, 친구, 직장의 상사나 동료, 거래처 사람의 마음을 훤히 알았으면 한다. 그러나 한번 생각해보라. 남의 마음을 읽으면 어떻게 될까. 아마 크게 실망하거나 살맛이 안 날 것이다. 왜냐하면 남의 마음이 내가 원하고 바라는 대로일 수 없는 게 인생이자 세상 이치이기 때문이다.

만약 부부나 연인이 속엣말을 100퍼센트 다 해버린다면, 부부가 한집에서 며칠이나 살 수 있고 연인끼리 얼마나 오래 만날 수 있겠는가.

굳이 남의 마음을 읽으려 하지 말고 내 마음을 살펴보고 나를 다듬으면 절로 남의 마음이 열릴 것이다.

자유인

요즘 현대인이 흔히 사용하는 영어 free(자유)는 옛날 유럽어 pri(사랑한다)가 어원이라고 한다. 어원을 더 살펴보면 '사랑할 수 있는 특권을 가진 자유인'과 '통행세를 안 내도 되는 자유인'이라는 의미에서 '자유'와 '공짜'라는 뜻을 가지게 됐다는 것이다.

중세시대 노예는 가족을 이루거나 친구를 사귀어서는 안 되었기에 사랑하는 사람과 함께 살 수 없었다. 농노 계급의 사람들이 여행할 때 기사와 영주의 땅을 통과하려면 비싼 통행료를 내야 했지만 기사와 영주는 면제되있다고 한다.

그래서 존 스튜어트 밀은 그의 저서 『자유론』에서 '자유란 최대한 다양한 삶을 살아보는 것'이라고 설파했는지 모른다.

사랑하고 가족을 이루고 친구를 사귀고 여행을 할 수 있는 것만으로도 행복한 삶을 사는 것이고 자유를 만끽하는 것이라고 생각하자. 아니 사람으로 태어나서 지금 살아있는 것만으로도 내가 진정 천하에서 가장 소중한 존재라는 걸 알아야 한다.

프로와 아마추어

프로페셔널과 아마추어의 차이는 인생을 걸고 하는가, 취미나 재미로 하는가에 있다.

꼭 프로구단에 입단하여 공을 차지 않아도 자신의 인생을 걸고 공을 차는 사람은 프로다. 대학에서 축구선수로 활약하는 학생도 프로요, 상비군에 선발된 양궁선수도 프로다.

일이나 공부 같은 것은 프로 정신으로 해야 한다. 하지만 사랑, 우정, 효도 등의 일상적인 삶은 아마추어 정신으로 즐기는 것이 좋다.

운동은 아마추어로 시작해서 프로가 되는 게 좋지만, 사랑은 프로처럼 맹렬하게 시작해서 아마추어처럼 하는 게 좋다.

원한은 강물에 띄우고

중국 속담에 이런 말이 있다.

'흐르는 강물을 계속 바라보고 있으면 원수의 시체가 떠오른다.'

원수를 갚으려 하지 말고 기다리면 세상의 이치에 따라 자연스레 그 잘못이 응징된다는 뜻일 수도 있고, 원수를 갚기 위해 실력을 쌓으면 상대가 스스로 죽음을 택할 수밖에 없다는 뜻일 수도 있다. 그러나 내 원한을 강물에 띄워 보내면 절로 원수가 사라지고 내게 참 자유가 생긴다는 가르침으로 받아들이는 게 현명하지 않을까.

미련한 욕심쟁이

아프리카에 실험용 원숭이를 상처 없이 잡는 방법이 있다고 한다. 상자 속에 무거운 돌과 닭다리를 넣고 원숭이 손이 들어갈 정도의 구멍을 뚫어두는 것이다. 원숭이가 냄새를 맡고 다가와 얼른 구멍 속에 손을 넣어 닭다리를 움켜쥐면 사람들이 불을 들고 달려든다. 손을 놓으면 훌쩍 도망칠 수 있는데, 원숭이는 닭다리를 놓지 않아 잡히게 된다. 이럴 때의 원숭이는 미련한 욕심쟁이다. 만약 사람에게 이런 실험을 한다면 누구라도 닭다리를 놓고 도망갈 것이다.

그런데 사람은 자기 마음을 움켜쥐느라 미련한 욕심쟁이가 된다. 마음 놓기가 어찌 쉬우랴만 붙잡혀 망신당하거나 실험실에 갇히는 것보다 낫지 않겠는가.

늘 고마운 마음

십수 년 전 겨울, 지인들과 지리산에 올랐다. 눈이 너무 많이 와서 장비를 갖추지 않은 사람을 대상으로 출입을 통제했다. 가도 가도 눈 천지요, 사람이라고는 우리 일행뿐이었다. 노고단 정상까지 오르도록 사람 발자국이라고는 없었다. 새벽까지 눈이 쏟아졌으니 짐승 발자국도 남아있지 않았다. 우리는 정상에 올라 아무도 밟지 않은 신대륙에라도 온 듯 자랑스러워하며 사진을 찍었다.

그런데 저쪽에 사람들이 눈사람처럼 모여있는 게 보였다. 가까이 다가가 보니 세 명의 사진작가였다. 어제 올라와 해돋이를 찍느라 밤을 새운 듯했다. 바로 저런 사진작가들 덕에 우리는 눈 덮인 지리산의 오묘한 자태와 해오름의 장관을 볼 수 있었던 것이다.

우리가 건성으로 보고 지나치는 사진 한 장에도 앞서간 사람들의 열정이 스며있듯, 우리가 먹는 밥의 쌀 한 톨에도 농부의 피땀이 배어있다.

세상에서 가장 지혜로운 사람은 보고 만지고 먹는 모든

것에 늘 고마워하는 사람이다.

현자는 별에서 온 게 아니라 바로 우리 중에 있다.

내 몸을 괴롭힌 독극물

"화가 독이다"라는 말이 있다. '화내는 것은 독극물을 삼키는 것과 같다'라고 할 수 있다. '화는 내 영혼의 화상과 같다'라고도 할 수 있다.

사람이 화를 냈을 때 나오는 침을 모아 검사했더니 그 독성이 독사의 독만큼이나 치명적이었다는 기록도 있다. 어머니가 몹시 화를 낸 뒤에 아기에게 젖을 먹이면 아기가 체하거나 설사하는 경우가 흔하다고 한다.

그동안 나는 얼마나 많은 화를 냈는가. 내가 낸 화를 생각하면 나는 이미 독살되었어야 한다. 그럼에도 아직 살아 있는 것은 화를 낸 횟수보다 즐거워하고 기뻐하고 환히 웃은 횟수가 더 많았기 때문이리라.

어떻게 할 것인가

마음이 답답하거나 울적할 때 스승의 말씀을 들으면 길지 않은 말이라도 내 가슴을 따스하게 덥힐 때가 많다.

"굴러다니는 나무토막을 잘 다듬어서 십자가를 만들면 신성하게 느껴진다. 그런데 그 십자가를 잘게 쪼개서 내던져 더러워지면 부정해 보인다. 바위에 불상을 조각하면 성스러워 보인다. 그런데 그 바위를 깨뜨려 지저분하게 만들면 쓰레기 같다."

그렇구나. 내 마음도 십자가를 만들면 신성해지고 불상을 조각하면 성스러워지는 것이구나. 내 마음을 아무 데나 던지면 부정해지고 깨뜨려버리면 쓰레기 같은 것이 되는구나.

한계를 넘는 지극함

스님들은 매년 음력 12월 초하루 새벽 3시부터 부처님 성도일(成道日)인 12월 8일 새벽 3시까지 등을 바닥이나 벽에 대지 않고 잠을 자지 않는 용맹정진을 한다. 면벽을 하는 경우도 있다. 사나흘 지나면 치아가 솟아서 멀건 흰죽으로 공양을 하기도 한다. 해우소에 갈 때는 바라지하는 인례스님이 따라가야 한다. 잠 한숨 못 자고 스물네 시간 가부좌를 한 채 정진한 탓에 비몽사몽으로 절 마당에 쌓인 눈을 이부자리로 알고 끌어모아서 덮고 잠드는 스님이 더러 있기 때문이다.

꼬박 일주일을 잠 한숨 자지 않는 정진인데도 어느 한순간 매우 깊은 잠을 잔 듯 개운해지면서 정신이 맑아진다니, 참으로 신비한 세계가 아닐 수 없다.

간절하고 애절하고 지극하면 해내지 못할 것이 없는 게 사람인 것 같다.

먼 곳까지 가는 법

기러기가 수만 킬로미터의 비행을 할 때, 선두에서 나는 기러기의 날갯짓이 양력을 만들어 뒤따르는 무리들은 편히 날아간다고 한다.

기러기들이 날면서 계속 울음소리를 내는 것은 서로 응원하고 한 무리임을 확인시켜주는 행위라고 한다.

그래서 그렇게 먼 곳까지 비행할 수 있는 것이다.

소나무도 사람도

백두산이나 금강산에 가보면 바위틈을 비집고 자라난 낙락장송이 모진 바람에도 청정한 자태를 뽐내는 걸 볼 수 있다. 그 좁은 바위틈에 씨앗 한 개가 떨어지고 한 방울의 물과 한 줌의 흙을 먹고 소나무가 싹튼다. 뿌리는 세월을 파먹듯 아주 조금씩 바위를 파고들고 척박한 바위 속의 자양분을 삼켜 낙락장송을 키운다. 자양분 많고 햇살 좋은 땅에서 자란 소나무는 우람하고 높다랗다.

바위틈에서 겨우겨우 살아난 소나무는 정교한 조각처럼 당당한 기품을 지녔다. 오묘하고 아름다운 풍채를 지녔다. 사람도 그러하다.

저절로 되는 것은 없다

소백산 자락에 있는 노스님의 작은 암자. 겨울밤 바람은 계곡을 훑으며 사정없이 추녀 끝의 풍경을 흔들어 댔다. 풍경에 매달린 물고기 조각은 자발맞게 춤추며 밤새도록 땡그랑 소리를 내질렀다. 풍경의 물고기 조각은 수행 정진할 때 마음을 한데 모으라는 뜻을 품고 있다. 물고기는 잘 때도 눈을 뜨고 있기 때문이다.

한번은 풍경 소리 때문에 잠들지 못했는데 스님께선 아무 소리도 들리지 않으신 듯했다. 그러기에 늘 듣는 소리라서 익숙하신 거냐고 물어보았다.

"풍경 소리를 귀로 들으면 누군들 잠들 수 있겠는가. 풍경 소리를 마음으로 들으면 자장가가 되나니……."

어찌하면 마음으로 들을 수 있느냐고 물었다.

"세상에 저절로 되는 게 어디 있느냐. 죽을 만큼 해서 안 되는 게 없나니……."

인생의 대부분은 공짜로 얻을 수 없다.

역할만으로도 사람이 변한다

영화의 주연급 배우들은 촬영 기간이 긴 탓에 건강 관리에 애를 쓰는데, 악역을 맡은 배우 중에는 촬영이 끝나고 정신병원에 입원을 하거나 신경정신과 치료를 받는 경우가 있다고 한다. 그러나 선한 역할, 사랑하는 역할, 남을 도와주거나 웃기는 역할을 맡은 배우는 신체 나이가 세 살 정도 젊어진다고 한다.

표정이 밝고 건강해 보이는 젊은이에게 흔히 좋은 사람이 생긴 모양이라고 하는 까닭도 비슷한 이치다. 사랑을 하면 사람에게 유익한 호르몬 작용이 일어나기 때문에 그런 것이다. 역할만으로도 사람이 변한다는데 나의 삶의 모습은 어떠해야 할까.

건강을 잊지 말 것

사람이 자기 힘으로 움직일 수 있는 능력을 잃으면 낙엽과 다를 게 없다. 몸이 심하게 아파서 남의 도움 없이 움직일 수 없으면 회한과 짜증과 원망이 지배하기 쉽다. 그러면 영혼은 먼지 꼴이 되기 십상이다. 낙엽은 거름이라도 만들 수 있지만 먼지는 쓸모조차 없다.

건강을 잃으면 다 잃는다는 걸 모르는 사람이 없다. 그러나 건강을 잃기 전에는 그저 표어 정도로만 여긴다. 더구나 영혼의 건강은 있는 줄도 모르는 것 같다.

외모보다 개성

한 연구 보고서에 의하면, 성공한 사람들 중에는 '개성을 최대한 계발한 사람'이 많다고 한다. 개성이란 그 사람만의 독특성을 일컫는다.

캐리커처 화가는 잘생기거나 예쁜 사람을 그리는 게 힘들 뿐 아니라 만족도가 낮다고 했다. 반듯한 얼굴은 잘 그려도 그냥 잘 그린 그림이고 개성이 잘 드러나지 않는다는 것이다. 반면, 좀 못생긴 편에 속하는 사람을 그리는 것은 편할 뿐 아니라 만족도가 높다고 한다. 얼굴의 특징을 묘사하기가 좋은 데다 개성을 도드라지게 그릴 수 있기 때문이다.

비키 쿤켈은 『본능의 경제학』에서, 인간은 완벽하게 아름다워 보이는 사람과 마주치면 원초적 반감이 생겨 피하거나 공격의 대상으로 삼는 심리기제가 있기 때문에 고위직으로 갈수록 평범하거나 덜 매력적인 사람이 많다고 했다.

그러니까 뭔가 성취하려면 외모가 아니라 자기의 개성을 최대한 활용해야 한다.

사람의 신묘한 힘

초등학교 때 개구쟁이 친구들과 어울려 학교 외벽에 낙서를 하다 경비 아저씨에게 들켜 정신없이 도망친 적이 있다. 잡히면 꿀밤도 맞고 이튿날 학교에 가서 선생님께 회초리로 맞아야 했으니 필사적으로 뛰어야만 했다. 아무리 뛰어도 어른을 당할 재주가 없었고, 결국 높고 높은 담벼락과 맞닥뜨려 막다른 곳에 갇힌 신세가 됐다.

그런데 놀랍게도 나는 그 높은 담장을 펄쩍 뛰어올라 잽싸게 탈출했다. 평소에는 무등을 타고도 넘지 못하던 높이였다.

호랑이인 줄 알고 활을 쏘았는데 다가가 보니 바위에 화살 깃까지 박혀있더라는 사석음우(射石飮羽)라는 말이 있다.

사람에게는 신묘한 힘이 있다. 그러하기에 우리는 언제든 근심, 걱정, 좌절, 고통을 향해 시위를 한껏 당겨야 한다.

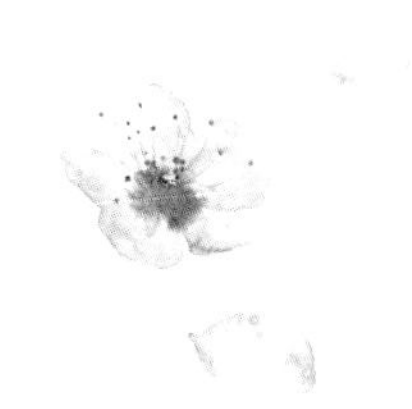

온도 조절 장치

겨울 여행이나 산행 때 매우 유용한 것 중에 핫팩이라는 게 있다. 배와 등에 핫팩을 붙여두면 혹한의 나들이에 체온을 유지하는 데 꽤나 도움이 된다. 우리는 육신의 체온이 식는 것에 매우 민감하다. 한편 36.5도가 넘으면 금세 고열이 되어 즉시 병원으로 달려가고는 한다.

그런데 쉽게 끓어올랐다가 쉽게 차가워지는 마음의 온도를 조절하는 데는 의외로 둔감하다. 육신은 가만있어도 36.5도를 유지하지만 마음은 언제나 널뛰기를 한다. 그러니 온도 조절 장치가 꼭 필요하다.

마음의 온도 조절 장치는 '온 우주에서 나는 오직 하나뿐인 가장 소중한 존재'라는 걸 확실하게 인정하는 것이다. 그러면 스스로 조절할 수 있는 능력이 생긴다.

한 번 넘어졌을 뿐

'실패는 성공의 어머니'라는 말은 참 그럴듯한 말임에도 선뜻 동의하기가 쉽지 않다. 그 말은 성공한 뒤에나 이해되는 말이기 때문이다. 수많은 사람들이 실패하는데, 그 사람들이 다 성공한다고 단언할 수 없기에 그 말이 실감나지 않는 것이다. 그래서 나는 실패한 사람들에게 말한다.

"그냥 한 번 넘어졌다고 생각하세요. 일어나서 다시 걸을 수밖에 없습니다. 다쳤으면 병원에 가서 치료하고 걸을 만하면 그냥 걷는 게 상책이지요."

좋다는 것을 다 하면

정보가 넘치는 세상이 되어 좋은 점도 많지만 너무 많은 정보에 휘둘려 손해 보는 경우도 적지 않다. 몸에 좋다는 건강식이나 운동, 마음 다스리는 방법 들이 널리 소개되고는 한다. 그러면 노화 방지나 질병 예방에 좋다는 음식이나 과일, 건강 보조식품과 운동기구가 잘 팔리기도 하고, 스포츠센터나 명상센터에 사람들이 북적거리기도 한다.

좋다는 걸 다 먹으면, 좋다는 운동을 다 하면 어떻게 될까. 오히려 몸이 망가지지 않겠는가. 그래서 선현들은 넘치지도 모자라지도 않는 중용과 중도를 설파했을 것이다.

인생도 마찬가지다. 균형이 깨지면 화가 미친다는 걸 누구라도 경험으로 알고 있다. 그런데도 균형 잡기가 어려운 것은 전체를 보지 않고 내 욕구만 바라보았기 때문이다. 멀리 내다보고 남을 배려하는 수고가 전제되지 않는 욕구는 내 몸과 내 혼을 불통하게 하는 독소임을 기억해야 한다.

들여다보고 청소한다

햇살이 방 안으로 들어오면 비로소 방 안에 먼지가 참 많다는 걸 알게 된다. 보통 때는 보이지 않아 깨끗하다고 생각했는데, 어찌 저 많은 먼지를 마시고 살았을까 싶다. 그래서 창문을 열어놓고 이부자리를 털어서 햇볕에 말리기도 하며 청소를 한다.

샘을 청소할 때는 바가지로 계속 물을 퍼내기만 하면 안 된다. 마구 휘저어서 바닥의 흙을 일으켜 구석구석에 가라앉은 미세한 오물들을 걷어내야 비로소 맑은 샘이 된다.

사람 마음도 마찬가지다. 내 마음을 살펴보는 게 마음공부요, 마음을 청소하는 건 사랑이고 용서다.

마음이 어지럽고 복잡할 때, 바로 그때가 마음 청소를 할 때이다.

나는 누구인가

스승께서 물으셨다.

"너는 누구냐?"

막상 대답하려니 할 말이 별로 없었다. 그때 알았다. 내가 누구인지도 모르면서 잘난 척하며 살았고 남의 일에 간섭하고 남의 말을 하며 살았다는 걸. 나를 모르면서 세상을 아는 체했으니 꽃이 웃고 바람도 웃었으리라.

하루 종일 공책에 내가 누구인지를 써보았나. 참으로 복잡하고 맹한 사람이었다.

많이도 말고 조금만 더 간결하고 조금만 더 선명하게 살면 그만일 텐데, 왜 그게 잘 안 되는 걸까. 욕심, 이 단단한 놈부터 깨뜨려야 한다.

잘 놀다 가자

사람들이 행복하지 않은 것은 인생에 정답이 있다고 생각하고 그 정답에 매달리기 때문이다. 다시 태어나면 어떤 모습이고 싶은가. 인물이 월등하게 좋고, 남다르게 건강하며, 두뇌가 좋아 성적이 우수하고, 집안이 좋으며, 돈은 원 없이 쓸 만큼 많고, 배우자는 오직 나만을 섬기며, 자녀는 인물 좋고 두뇌 좋고 효성이 지극하고 남다른 재능을 갖추기를 바랄 것이다.

하지만 우리는 다시 태어날 수가 없다. 그렇다면 명답을 찾아야 한다. 명답은 '인생은 잘 놀다 가지 않으면 불법'이라는 것이다.

딱 한 번밖에 못 살기에 남의 기준에 나를 맞추려 애쓰지 말고 내 멋에 겨워 행복하면 그만이다. 인생, 딱 한 번 살기에 정말 잘 놀다 가야 한다.

마음의 혹한

겨울에 동양란을 키울 때 햇볕 좋고 따스한 장소에 두면 꽃이 피지 않는다. 영하 3도쯤에서 난이 바싹 위기를 느끼게 해두어야만 봄날에 꽃대가 올라오고 은은한 꽃향기를 맡을 수 있다. 생존 본능은 그래서 아름답다.

빙하기 마지막쯤에 인류의 조상 크로마뇽인은 혹독한 추위를 이겨내기 위해 동물 뼈로 바늘을 만들어 가죽옷을 만들고 돌조각 연장도 사용해서 우리의 조상이 되었다고 한다.

혹한을 슬기롭게 이겨내는 능력이 인류다운 것처럼 우리네 인생에서도 혹한보다 더 고통스러운 '마음의 혹한'을 이겨낸 사람들 덕분에 우리가 문명을 누리며 살고 있는 것이다. 혹한과 혹서가 인류를 괴롭히는 것 같지만 한편으론 과학과 문명을 발전시키고 삶의 지혜를 알려주었다.

마음이 힘들다는 건 내가 더 발전하고 진화하고 있다는 뜻이다.

혹한을 이겨내고

날아오르길

2월

차가운 세상, 뜨거운 사람

그냥 저절로 잘 살 수 있는 방법은 없다. 심장에 손을 대면 너무나 뜨거워서 손을 델 것같이 인생을 열정적으로 살면 세상은 꼭 반응한다.

팔랑개비는 바람이 불지 않으면 멈춘다. 그러나 들고 뛰면 잘 돌아간다. 내가 원하는 건 남도 원하는 것이다. 꼭 가지고 싶다면 남보다 몇 배쯤 정진해야 한다. 그러려면 남보다 몇 배 더 아프고 힘겹다. 그게 세상의 이치이자 규칙이다.

얼음을 녹이는 데는 뜨거운 물이 제격이듯, 세상은 차갑지만 뜨거운 사람에게는 어쩔 수가 없다.

부단히 움직이되 유연하게

유대인의 구전 율법 『탈무드』에 「우유 통에 빠진 개구리 세 마리」 이야기가 있다. 개구리 세 마리가 우유 통에 빠졌다. 첫 번째 개구리는 살 가망이 없다는 걸 알고 포기해서 죽었다. 두 번째 개구리는 신을 원망하다가 죽었다. 세 번째 개구리는 비관도 낙관도 하지 않은 채 쉼 없이 빠져나갈 궁리로 헤엄을 쳤다.

세 번째 개구리는 한참 만에 발끝에 걸리는 딱딱한 걸 딛고 우유 통 밖으로 나올 수 있었다. 쉴 새 없이 헤엄칠 때 우유가 응고되어 버터 혹은 치즈로 변해 디딤돌이 되었던 것이다.

인생도 부단히 움직여야 생존하는 법이다. 그러나 헤엄에는 논리가 있다. 손발을 정신없이 움직인다고 물에 잘 떠있는 게 아니다. 물의 부력에 몸을 맡기고 유연하게 헤엄쳐야 지치지 않고 멀리 갈 수 있다. 인생은 단번에 목적지까지 가기 어려운 드넓은 강과 같다. 더 멀리 가기 위해 반드시 쉼이 필요하고 내 인생이 어디까지 왔고 얼마나 남았는지 돌아봐야 한다.

흔들어주는 삶

흔들어주어야만 분침과 시침이 움직여 시각을 알려주는 시계가 있다. 이틀 정도 손목에 차고 다니지 않고 풀어놓으면 멈추어버리는 시계다. 요즘처럼 휴대전화의 기능이 좋아지고 어디를 가나 시각을 알려주는 세상에서는 그리 반길 만한 시계는 아니다. 예전에는 제법 흔했던 시계다.

우리는 흔들어주어야 가는 시계에서 배울 게 있다. 사람도 인생도 흔들어주어야 한다는 사실이다. 몸을 멈추면 몸이 아프고 마음을 멈추면 고뇌가 쌓인다. 그렇다고 마구잡이로 흔들어서는 안 된다. 몸과 마음과 인생이 활력을 얻을 만큼만 흔들어주어야 한다. 많이 흔들면 힘만 들 뿐 효율성이 없다. 인생은 춤추듯이 흔들어주는 게 지혜다.

이야기가 있는 인생

누구나 자기가 살아온 이야기를 하면 소설 몇 권은 될 거라고 하지만 그 가운데 감동적인 이야기나 기분 좋은 이야깃거리는 그리 많지 않다. 지금부터라도 이야깃거리가 많은 사람이 되도록 살아야 한다.

훗날 '그때 할 수 있었는데, 할 뻔했는데, 해야 했는데'라고 말하는 사람은 서글픈 인생을 산 것이다. 그런 사람은 이야깃거리가 별로 없거나 재미가 없다.

사람은 하루에 2만 2천 번쯤 숨 쉬고 10만 번쯤 심장이 뛴다. 이렇게 엄청난 작용을 하며 살아있는 우리의 삶을 어찌 말과 글로 다 할 수 있겠는가. 인생은 딱 한 번 살기에 매혹적이고 신기하고 찬란한 것이다. 그러기에 '이야기가 있는 인생'을 살아야 한다.

내 인생의 문제는 내가 내는 것

"80년을 살아도 어떻게 하면 잘 사는 건지 나는 몰라. 아는 사람 있으면 손 들어봐."

신흥사 조실 오현 스님이 동안거 해제 법회에서 하신 법문이다.

인생에 대해서 뭔가 조금 아는 체하면서 글을 쓰고 그런 책을 출간한 터여서 그저 마음으로 조아렸다.

세계 인구를 70억 명으로 추산하고 있다. 그러니 이 세상에는 적어도 70억 개의 인생이 있고 70억 개의 마음이 있다. 누군들 무엇이 잘 사는 것인지 꿰뚫을 수 있겠는가.

인생은 내가 문제를 출제하고 내가 해답을 쓰는 것이다. 그러니 문제를 쉽게 출제하면 되건만 괜히 어렵고 복잡하게 출제해놓고 끙끙거리고 있지는 않은가. 잘 사는 비법이 내 가슴속에 있는데 자꾸 먼 데서 찾으려니까 힘겹고 지치고 재미가 없는 것이다.

몸은 먹고 움직인 대로 변하고 마음은 생각하고 행동한 대로 생긴다.

뒷모습

거울이 있어 사람들은 자기 앞모습은 잘 알지만 뒷모습은 모른다. 뒷모습을 볼 수 있는 후사경(後寫鏡)이라는 게 있다. 후사경을 보면 비로소 자신의 뒷모습을 알게 되는 것이다. 그렇다고 굳이 후사경까지 마련해놓고 자기 뒷모습을 관찰할 필요는 없다. 바로 내 옆에 있는 사람, 가까이에 있는 사람, 자주 만나는 사람 들이 내 모습을 잘 알고 있기 때문이다. 그들은 거울 속의 내 모습뿐만 아니라 나의 속마음까지도 보고 있다. 거울은 나의 앞모습을 잘 보여주지만 나와 인연을 맺은 사람들은 내 뒷모습과 내 마음의 모습까지 보고 있다.

인간의 향기는 앞모습에서 나는 게 아니라 뒷모습에서, 그리고 마음의 모습에서 피어오른다.

사는 게 복잡하냐?

스승께서 물으셨다.

"왜 사느냐?"

알 것 같은데도 막상 대답하려니 선뜻 떠오르지 않았다.

다시 스승께서 물으셨다.

"사는 게 복잡하냐?"

"네."

"세상이 복잡하냐, 네 머릿속이 복잡하냐?"

그때 알았다. 세상이 복잡한 게 아니라 내 머릿속이 복잡하다는 걸. 그런데 돌아서면 여전히 세상이 복잡해서 내가 복잡하다고 생각한다. 원망할 게 많아지며 짜증날 일도 숱하게 많아진다. 사람으로 태어나서 성장기가 끝난 후 기운 좋게 살 수 있는 기간이 고작 30년이라는데, 세상에 끌려다니며 산다면 노예처럼 사는 길밖에 없을 것이다.

살아 있을 때 재미있게

사람은 누구나 죽기 전에 후회하는 세 가지가 있다고 한다.

첫째, 그때 좀 참을걸.

둘째, 그때 좀 베풀걸.

셋째, 그때 좀 재미있게 살걸.

무덤 속에서 큰 부자가 무슨 소용이며 큰 벼슬이나 큰 명예나 큰 자랑거리가 무슨 소용이겠는가.

살아서 천당을 거닐어야 죽어서 천당에 가는 것이지 살아서 지옥을 휘젓고 다니면 무슨 재주로 천당에 가겠는가.

죽기 전에 하는 가장 큰 후회는 '그때 좀 재미있게 살걸'이라고 한다.

VIP 신드롬

'VIP 신드롬'이라는 것이 있다. 유명 인사나 지위가 높은 사람이나 그의 가족을 치료할 때 의사가 긴장하여 실수하는 것을 말한다.

부담 없이 진료하고 치료를 해야 좋은 결과를 얻는다는 건 당연한 일이다. 그런데도 사람들은 급한 마음에 여기저기 알 만한 사람을 동원하여 간절히 부탁을 한다.

병을 가장 잘 아는 이는 전문가인 의사이다. 의사에게 그냥 맡겨둬야지 특별한 대접을 받고 각별하게 신경 써주기를 바라는 것은 환자에게 이득이 되지 않는다. 의사는 병과 환자마다 다른 상황을 고려하기에도 벅차다. 때문에 여기저기에서 '특별한 주문'을 받는 고역을 안겨줘서는 안 된다.

마찬가지로 일상에서는 멀쩡하게 잘 하던 일을 긴장하거나 신경을 쓰면 실수하는 경우가 흔하다. 평상심을 잃지 말아야 한다. 병마다 다르기는 하지만 통상 병은 의사가 반을 고치고 환자 자신이 반을 고치는 거라고 했다.

생각한 대로 살아진다

'아침형 인간'이 아닌 나 같은 '심야형 인간'은 꼭두새벽에 일어날 일이 있으면 잠들기가 더욱 어렵다. 더구나 일이 늦어져 밤 이슥해 잠자리에 들 때는 더욱 그렇다. 혹시 배터리가 다 됐을지도 모르니 시계 두 개를 새벽 5시에 맞춰놓고, 잠들기 위해 와인 한 잔과 수면유도제 반 알을 먹고 나서야 겨우 잠든다.

그런 날은 눈 뜨면 새벽 4시 40분 아니면 50분쯤이다. 평소 같으면 도저히 일어날 수 없는 시각인데 절로 눈이 떠진다. 약속을 지켜야 한다는 강박관념과 실수하면 안 된다는 걱정이 나를 벌떡 일어나게 만드는 것이다. 이런 걸 자성예감이라고 한다. 말하자면 자기최면인 셈이다.

인생은 생각한 대로 살아지는 법. 채근하지 말고 살살 달래서 내가 원하는 곳으로 데려가도록 하자.

내 것이라는 생각

주인 없이 떠도는 고양이를 흔히 도둑고양이라고 부른다. 도둑고양이들의 생존본능은 치열하다. 먹이를 주는 사람이 없으니 쓰레기통을 뒤지고 널어놓은 생선을 물고 도망가기도 한다.

우리 집 마당을 곧잘 어질러놓는 고양이들이 올망졸망한 새끼들까지 데리고 우리 집 마당에서 점령군처럼 행세할 때는 참 건방져 보이기도 한다.

한번은 지인에게 "저것들 추방할 방법이 없을까?"라고 했더니, 그가 웃으며 한마디 했다.

"마당이 내 마당이라고 생각하니 고양이가 미운 거지요."

소유권은 내게 있지만 사용권은 날아드는 까치와 산새, 개미와 땅속의 지렁이, 날고 기는 벌레 들에게도 있거늘.

그렇게 더불어 살라고 존재하는 것이거늘.

걱정은 양념

세상에 공짜는 없다. 수고하고 애쓰고 힘쓴 만큼만 얻는다. 그게 진짜 가치 있는 것이다.

근심, 걱정, 실패, 두려움은 인생을 잘 살아가기 위한 양념이고 도구라는 걸 알면 그것들 앞에서 그냥 한번 웃을 수 있지 않을까.

자유롭게, 자연스럽게, 편안하게

명절 때마다 우리 식탁에서 빼놓을 수 없는 떡국 떡을 흔히 모양 때문에 가래떡이라고 부른다. 떡국을 끓일 때 가래떡은 동전 모양으로 동그랗게 썰지 않고 타원형으로 어슷썰기를 하기 마련이다. 모양으로만 보면 직각썰기로 동그란 것이 보기 좋을 텐데도 어슷썰기를 하는 것이다.

첫째, 배고픈 시절이 길었기에 어슷썰기를 해서 풍성하고 커 보이게 했다. 둘째, 땔감이 적은 시절이 길었기에 어슷 썰어 물에 닿는 면을 넓게 해 빠르게 익혔다. 셋째, 어슷썰기를 하면 빨리 자를 수 있었고, 떡국이란 모양 보고 먹는 게 아니라 맛이나 배고픔으로 먹는 것이었다.

우리들 마음이나 인생도 그러하다. 너무 모양내고 애써 다듬으려 하지 말고 좀 어슷썰기를 하면 어떤가. 또박또박 살지 말고 이리 구르고 저리 구르면서 자유롭게 살아야 나도 편하고 남도 편할 것이다. 자로 잰 듯하고 천칭에 올려놓은 듯한 것보다는 됫박에 고봉으로 올려놓고 한 주먹 덤으로 얹어주는 장터의 인심처럼 넉넉하게 사는 게 어떨는지.

반은 나를 위해, 반은 남을 위해

한국의 종교가 기복 신앙에 기초를 두었다는 전문가들의 지적이 있다. 내 기도를 떠올려보면 그 말이 맞다는 걸 대번에 알 수 있다. 그럴 때마다 "기도는 플라시보 효과가 어느 정도 있는 것이니까 나를 위한 게 꼭 나쁘지만은 않을 것이다"라는 주문을 걸고는 한다.

젊은 시절 2년 동안 한센병 환우들을 돕는 일터에서 일한 적이 있다. 병 때문에 고생하는 사람들과 어울려 사는 삶이 처음에는 버거웠지만 차츰 그들과 더불어 사는 맛을 알게 되었다.

천형(天刑)의 땅이라 생각했던 소록도 한센병 환우들의 기도 소리를 들으면서 참으로 부끄러워 깊이 반성한 적이 있다. 얼굴과 몸이 일그러지고 격리되어 살 수밖에 없는 환우들인데 그들은 자기를 위한 기도가 아니라 남을 위한 기도를 하고 있었다. 먹고, 입고, 자는 걸 거들어주고 치료해주는 이들뿐 아니라 세금을 내서 소록도에 정착 생활을 할 수 있게 해준 국민들을 위해서도 기도를 했다.

그래서 나도 내 기도를 '남을 위한 기도'로 바꾸어보았다. 그러나 불과 몇 주 못 가서 '나를 위한 기도'로 되돌아온 내 모습을 발견했다. 그래서 늘 가까이 지내는 스승께 물었더니 명쾌한 답을 주셨다.

"반은 나를 위한 기도를 하고 반은 남을 위한 기도를 하세요."

유성의 파괴력

오래전 원자폭탄이 투하된 일본 히로시마의 평화 공원을 찾은 적이 있다. 기세등등하던 일본이 무조건 항복을 선언할 수밖에 없는 파괴력을 생생하게 확인했다. 2013년 2월 15일, 러시아 첼랴빈스크에 직경이 약 15미터에 이르는 7천 톤 정도의 소행성(유성)이 시속 6만 4천3백 킬로미터로 돌진하여 유리창이 깨지는 바람에 1천2백 명이 다쳤다. 대도시에 떨어졌다면 더 큰 참사가 일어날 뻔했다. 그 소행성은 히로시마의 원자폭탄 20개 정도의 파괴력을 가졌기 때문이다. 2036년에 충돌 가능성이 있는 아포피스 소행성은 무려 히로시마 원자폭탄 2만 개의 위력이라고 한다. 그나마 다행이라면 지구와 충돌할 확률이 1백만 분의 1이라는 것이다.

우리는 세상에 발 딛고 살면서 세상의 유성을 수없이 맞으며 산다. 미움, 질투, 시샘, 화, 좌절, 누락, 실패, 고통, 두려움은 인생의 유성이다.

우주의 유성은 피할 재간이 없지만 인생의 유성은 내 마음으로 가볍게 피할 재주가 있으니 얼마나 다행인가.

책 세 권 쓰기

학기 초 첫 강의 때마다 제자들에게 하는 말이 있다. 죽을 때까지 꼭 책 세 권을 써보라는 것이다. 지금 약속하면 학점을 원하는 대로 주겠다는 다짐도 한다. 제자들이 약속대로 책 세 권을 쓰기 전에 내가 먼저 죽겠지만, 다짐을 하는 이에게 나는 어김없이 최고의 학점을 준다.

첫째, 수필을 쓰라는 것이다. 수필을 쓰면 사물과 사람에 대한 관찰력이 높아지고 메모하는 습성이 생기며 독서와 사색을 절로 하게 된다.

둘째, 전공 서적을 남기라는 것이다. 전공 분야를 쓰려면 좀 더 연구하게 되고 자기 실력을 가늠하며 남의 전공에 대해 분석 평가하는 한 단계 높은 식견을 가지게 된다.

셋째, 자서전을 써야 한다는 것이다. 자서전을 쓰려면 하루하루를 헛살지 않으려 애쓰고 남의 인격을 소홀히 하지 않으며 자기 존재 가치를 높여 존경받는 삶을 살게 되기 때문이다.

풍요도 고역이 될 수 있다

옛날에는 전국 각처에서 임금에게 특산물을 진상했다. 전국 방방곡곡에서 올라오는 특산물이 구중궁궐로 올라가면 누가 그걸 가장 먼저 먹을까. 임금이나 임금의 가족일까. 그렇지 않다. 기미상궁이 먼저 고루고루 먹어보고 탈 나지 않으면 그때서야 임금이나 그 가족이 상을 받는다. 감찰상궁이 지켜보고 있기 때문에 기미상궁은 먹기 싫은 것이라도 모두 맛보지 않을 수 없다.

그렇다면 기미상궁의 소망은 무엇이었을까?

먹고 싶은 것만 먹었으면 하는 게 소망이었을 것이다.

천하의 산해진미요, 방방곡곡의 특산품이라 해도 의무적으로 먹는 것은 고역이다. 고역인 까닭은 자유의지가 통용되지 않기 때문이다.

상상해보라. 지금 내가 소박하지만 내 입맛대로 먹을 수 있는 자유가 얼마나 행복한 것인지를. 아무리 푸짐해도 자유가 없으면 그건 고역이다. 자유롭지 않은 명예와 권력과 돈도 족쇄일 뿐이다.

한 생각 바꾸면 세상이 바뀐다

소설을 쓰다가 사랑하는 사람과의 '첫날밤'을 근사하게 표현하고 싶어서 '꽃잠'이라고 표기했다.

동요 가사에 '꽃대궐'이란 표현을 무척 좋아한 탓이기도 했다. 음식점에서 '꽃등심'을 불판에 구워 먹을 때는 왠지 미안한 생각이 들 때도 있다. 꽃을 불판에 올리면 안 되니까. 첫사랑을 꽃사랑이라고 하면 더 풋풋할 것 같고 하기 싫은 공부를 꽃공부라고 하면 덜 지겨울 것 같기도 하다.

꽃아픔, 꽃갈등, 꽃싸움, 꽃미움, 꽃두려움, 꽃열등감, 꽃질투, 꽃욕, 꽃이별, 꽃슬픔, 꽃고독, 꽃분노, 꽃외로움이라고 표현하면 한결 가벼워질 것이다.

꽃생각, 꽃사랑, 꽃그리움, 꽃웃음, 꽃뽀뽀, 꽃포옹, 꽃문자, 꽃통화, 꽃출근, 꽃돈, 꽃기다림이라고 표현하면 한껏 좋을 것이다.

한 생각 바꾸면 마음에 평화가 온다.

부러워하는 사람

겨울은 길고 바깥 활동은 하기 싫으니 꾀를 내어 러닝머신 같은 실내 운동기구를 장만한다. 처음에는 의지도 강하고 지불한 돈이 아까워서라도 바지런을 떤다. 그러나 얼마 못 가서 운동기구는 옷걸이가 되거나 처치 곤란한 애물단지가 되기 십상이다. 내 지구력이 고작 이 모양인가 싶어 여기저기 물어보면 나 같은 사람이 의외로 많다는 걸 알고 위안을 얻는다.

그런데 또 열심히 운동해서 몸이 보기 좋은 사람을 만나면 부럽고 내 처지가 조금 기껍기도 하다. 하긴 악기 잘 다루는 사람, 그림 잘 그리는 사람, 돈 잘 버는 사람, 공부 잘하는 사람, 자꾸 유명해지는 사람을 보면 대책 없이 부럽기만 하다. 그런데 사람들은 소설 쓰는 내가 몹시 부럽다고 한다. 글을 쓸 때 스트레스가 엄청나고 죽고 싶을 만큼 힘겨운데 말이다. 부러우면 지는 거랬지.

남을 위한 기도

우리는 흔히 "복 많이 받으세요"라는 덕담을 하기 마련인데, 스승께서는 "복(福)은 받는 게 아니라 짓는 거"라고 했다. 복(福)은 넓게[畐] 보는[示] 것이기에 받는 게 아니라 두루두루 살펴 베풀면 절로 좋은 일이 생긴다는 해석이 맞다.

구체적인 행위가 아니어도 괜찮다. 기도할 때 내가 아는 사람들 모두가 잘되기를 바라고 그들 모두가 건강하고 그들이 소원하는 게 이루어지기를 빌면 놀랍게도 내게 엔도르핀이 넘치도록 생긴다.

미운 사람을 위해 억지로라도 한번 잘되게 해달라고 기도해보라. 따뜻한 천사의 마음을 경험해볼 수 있다.

겪으면 안다

굶어보면 안다, 밥이 하늘인 걸.

목마름에 지쳐보면 안다, 물이 생명인 걸.

코 막히면 안다, 숨 쉬는 것만도 행복인 걸.

일이 없어 놀아보면 안다, 일터가 낙원인 걸.

아파보면 안다, 건강이 엄청 큰 재산인 걸.

잃은 뒤에 안다, 그것이 참 소중한 걸.

이별하면 안다, 그이가 천사인 걸.

지나보면 안다, 고통이 추억인 걸.

불행해지면 안다, 아주 작은 게 행복인 걸.

죽음이 닥치면 안다, 내가 세상의 주인인 걸.

관상은 분위기

만년필로 대하 장편 역사소설 『대발해』를 원고지 1만 2천 장에 3년간 쓰고 교정을 보았더니 내 관상이 많이 바뀌었다. 시작할 때 찍은 사진과 출간할 때의 사진을 보면 대번에 알 수 있다.

미간에 굵은 가로 주름이 생기고 아랫입술이 말려들고 입술 아래쪽에 잔주름이 바글거리며 눈꺼풀이 내려앉았다. 하루에 12시간씩 책상에 앉아 안경을 쓴 채 고개를 숙이고 집중한 탓이다. 오른손 손가락은 걸핏하면 마비되고 허리는 구부정해졌다.

관상은 내가 생각하고 행동한 대로 만들어지는 것이지 결코 남이 만드는 게 아니다. 어떤 사람이 나보고 첫인상이 어떠니 분위기가 어떠니 하면 다른 사람도 나에 대해 엇비슷하게 느낀다는 걸 알 수 있다.

그렇다면 내 관상은 어떨까를 생각하며 거울을 봐야 한다. 관상은 생긴 모습이 아니라 풍기는 분위기이다. 성형수술로 바뀌는 게 아니라 마음을 바꿔야 변화한다.

진정한 상류층

한국에서는 유달리 고가품이 잘 팔린다고 한다. 화장품, 의상, 장신구 등이 외국에서보다 몇 배씩 비싼 값에도 매우 잘 팔리는 걸 전문가들은 허영심과 모방심 때문이라고 지적한다. 나보다 나은 사람들에게 무시당하기 싫고 그들을 추종하려는 모방심리를 장사꾼들이 교묘하게 이용한다는 것이다. 또 상류층이 되고 싶은 사람들이 상품을 통해서라도 그들과 동류의식을 느끼려는 심정을 교묘히 파고드는 고가전략 상술이라고도 말한다.

지나치지만 않으면 그런 심리를 나무랄 수는 없을 것이다. 사람은 대체로 신분상승을 꿈꾸고 삶은 그런 노력을 부단히 하는 하나의 과정일 테니까 말이다.

그런데 빼놓으면 안 되는 게 있다. 일상의 화장품이나 옷이나 장신구가 아닌 마음의 화장품, 마음의 의상, 마음의 장신구를 갖추어서 마음의 상류층이 되는 걸 게을리해서는 안 된다. 또한 베풀고 배려하고 살펴서 자신의 품격을 고가품으로 만들어야 한다.

마음 처방

"분뇨는 방에 두면 오물, 밭에 두면 거름이다."

스승의 한 말씀에 가슴이 쿵쾅거렸다. 몸이 아프면 약을 먹거나 병원에 가서 치료하면서 마음이 아프면 처방을 받지 않고 마음을 더 닦달하기 십상이다.

마음의 약은 잊어버리는 것이고 마음의 치료법은 도려내는 것이다.

지옥은 머무는 곳이 아니라 통과해야 하는 곳이다.

내 마음속의 지옥은 내가 만든 것이고 거기서 헤어나지 못하는 것도 나 자신일 뿐이다.

모두 고마운 것들

어느 날 전기가 사라진다면 우리는 100여 년 정도 후퇴한 삶을 살게 될 것이다. 정전으로 몇 시간 동안 불편을 겪고서야 전기의 소중함을 절실하게 알게 된다.

잃거나 사라지거나 없어지면 그때서야 안타까워하는 게 사람의 보편적 심리이지만, 가끔은 내 곁에 존재하는 것들에 대해 고마움을 전해야 한다. 그러면 놀랍게도 내 존재 가치가 더 소중해진다.

밥을 먹을 때 한 톨의 쌀을 고마워하면 소화도 잘되고 몸도 참 가벼워진다. 사람의 마음과 생각은 과학을 가볍게 넘는 신비로움의 극치이다.

양손잡이

왼손잡이인 딸아이를 억지로 오른손잡이로 가르쳤는데, 글씨는 오른손으로 쓰지만 다른 일은 왼손을 사용한다. 왼손엔 숟가락, 오른손엔 젓가락을 들고 밥을 먹고, 휴대전화 문자는 양쪽 손가락으로 매우 빠르게 보낸다.

오른손잡이인 나는 어쩌다 오른손을 다치면 세수, 양치질, 면도, 머리 감기뿐 아니라 러닝셔츠 벗기는 물론이요, 글 쓰는 것까지 보통 애 먹는 게 아니다.

양손잡이로 살 수 있도록 가르치는 것이 효율적인 삶을 살게 해주는 지혜이다.

마음도 마찬가지다. 나는 물론 다른 사람의 마음까지 챙기는 사람으로 살아야 한다.

적이 달리 보인다

부부, 형제자매, 친구, 동료 등 세상에서 가장 친해야 할 사람들이 오히려 싸움이 잦다. 지리적으로 가까운 나라끼리는 다툼이 잦고 먼 나라와는 친하게 지내는 경우가 많다. 예부터 먼 곳과는 친하게 지내고 가까운 곳은 공격하는 전법을 가리켜 원친근공(遠親近攻)이라고 했다.

부부는 서로 덕을 보려는 심리 때문에 갈등이 쌓이고 나라끼리는 서로 이득을 보려는 계산 때문에 다투게 된다. 이때 양보는 패배를 의미하고 참는 건 굴욕이라고 생각하기 쉽다.

그러나 경쟁자가 있어 내가 발전하고 내 덕을 보려는 사람 때문에 내 가치가 존귀해진다고 생각해보라. 그들이 달리 보일 것이다.

가슴으로 받은 꽃

겨울 끝자락의 추위가 한창일 때 제주의 한 암자에서 정진하던 스님이 상경했다. 신문지를 돌돌 말아 쥔 것을 풀어내니 유채꽃이 샛노랗게 웃고 있었다. 유채꽃이 피려면 한참 기다려야 할 겨울인데 어디서 꺾어온 걸까.

암자 옆의 돌담 모서리에 햇볕이 소복하게 드는 곳에 유채꽃이 샛노랗게 피어있기에 꺾어서 물 먹인 휴지로 감싸고 비닐과 신문지로 여며 가져왔다고 했다.

"겨울에 핀 꽃이 하도 예뻐서 꼭 보여드리고 싶은 마음에 얼른 꺾었지 뭡니까. 아차 싶었지만 도로 붙일 수 없어서 정성껏 가져왔네요. 속상한 일이 있다는 걸 알기에 꽃을 보고 잊으시라고……."

얼른 합장을 하고 겨울에 핀 유채꽃을 화병에 꽂았다.

꽃은 금방 시들었다. 그러나 내 가슴에는 아직도 그 꽃이 피어있다. 십수 년이 흘렀는데도 아직 내 가슴에 유채꽃이 스님의 웃음과 함께 노랗게 피어있다.

좀 모자라서 행복하다

우리나라가 IMF 사태로 몹시 힘겹던 시절에 남편의 월급이 깎이고 살림살이가 궁핍해진 한 주부가 라디오 방송국에 편지를 보냈다.

"매달 빠듯한 가계부를 쓰면서 늘 조마조마했는데, 세상에 이번 달은 처음으로 마이너스가 아니어서 얼마나 행복했는지 모릅니다."

한 달은 30일이나 31일이고 2월은 보통 28일이며 4년에 한 번은 29일이다. 그해 2월은 29일이었고 주부는 다른 달보다 하루가 모자란 덕에 적자를 면했으며 그 작은 일 때문에 매우 행복했다는 것이다.

인생은 좀 모자라서 행복한 게 꽤 많다. 행복은 그렇게 오는 것이다. 작은 것에 기뻐할 때 행복은 졸졸졸 따라와 내 가슴으로 쏘옥 들어온다.

당신을 향해

한 발짝 더

3월

한복을 입는 긍지

예식장에 가면 좀 기이한 장면을 보게 된다. 혼주인 남성은 양복을 입지만 여성은 대개 한복을 입는다.

국가원수인 대통령 취임식 때도 대통령은 양복을 입고 부인은 한복을 입는데, 대통령이 전통복을 입으면 약소국가나 전제군주국가쯤으로 오해받을까 봐 그러는지도 모르겠다. 오히려 외국에서 주체적인 민족이라고 생각할 것 같은데 말이다.

세월이 가면 복장, 음식, 생활 방식은 바뀌기 마련이다. 그러나 명절에 한복을 입는 걸 보면 아직은 한복이 우리의 전통 복장인 게 분명하다.

국경일이나 국가원수 접견 때만이라도 대통령 내외는 한복을 입는 자긍심쯤은 있어야 한다. 그래야 남자는 양복, 여자는 한복을 입는 기괴한 부조화가 슬며시 사라지고, 작은 것에서도 우리의 문화를 당당히 드러내는 한국인의 긍지가 자리 잡을 것이다.

텃밭 농사의 즐거움

글쟁이를 흔히 '정신 노동자'라고 표현한다. 그래서인지 나는 텃밭 농사 같은 육체 노동도 무척 즐기는 편이다. 예전에 지인의 집에 빈 땅이 제법 넉넉해서 봄마다 후배와 제자 들을 불러 땅을 파고 고랑을 낸 뒤에 갖가지 채소와 산나물 씨를 뿌리거나 모종을 하곤 했다.

따스한 봄날 주말마다 각자 과일, 고기, 밥, 반찬 등을 챙겨와서 텃밭에 둘러앉아 무농약 채소를 곁들인 소박한 잔치를 했다. 집에 갈 때 텃밭에서 기른 갖가지 채소와 나물을 한 소쿠리씩 가져가는 풍경은 세월이 흐를수록 그리운 추억이다.

아, 사람은 먹고 마시고 나누고 어울려야 친해지고 정이 들고 그리워지는 것이다. 그래서 가족을 식구(食口)라고 표현하는 것이다.

함께 가야 행복하다

인생은 마구 달리거나 직선으로 가거나 혼자 가는 게 아니다. 브레이크 없이 마구 달리기만 하다가는 탈선하게 되고, 직선으로만 가면 벼랑이나 가시덤불을 만나 상처를 입으며, 혼자 가면 외로운 데다 자칫 방향을 잃고 헤매기 십상이다.

단거리는 혼자 뛰어도 기록 경신이 가능하지만 마라톤은 여럿이 뛰어야 기록 경신이 가능하다. 우리네 인생도 그렇다. 행복하려면 가족, 친인척, 친구, 동료 그리고 세상과 자연과 어울려 함께 가야 한다.

조금 헐렁한 게 좋다

방송을 하는 여성들의 옷차림은 참으로 멋지다. 그런데 매일 옷을 바꾸어 입어야 하기 때문에 의상을 빌려 입을 수밖에 없다. 그런 일을 전문으로 하는 코디네이터가 있다. 그래서 옷이 몸에 꼭 맞지 않는 경우가 있다. 그럴 때면 코디네이터가 화면에 드러나지 않는 뒷면을 옷핀으로 조정하거나 치맛단을 실로 살짝 뜨기도 한다.

그런 모습을 볼 때마다 우리 한복의 포용성을 생각하게 된다. 한복은 길면 올려 입고, 짧으면 내려 입고, 폭이 넓으면 여며 입으면 그만이다. 요즘 유행하는 현대식 한복은 꼼꼼하게 치수를 재서 몸에 맞게 만들지만 옛날에는 대충 눈대중으로 대·중·소 세 종류쯤으로 만들었다.

요즘의 우리는 너무 아귀 맞게 살려고 아등바등하는 것 같다. 마음은 조금 헐렁한 게 좋다. 꼭 맞는 옷이 멋은 있지만 편안하지 않을 때가 많듯이.

고슴도치의 앞가슴

쇼펜하우어가 얘기한 '고슴도치 딜레마'라는 게 있다. 인간관계에서 서로 친밀하길 원하는 욕구와 적당한 거리를 두고 싶어 하는 욕구가 공존하는 인간의 모순적인 심리 상태를 말한다. 그러니까 너무 가까이 다가서지도, 너무 떨어지지도 말고 적당히 간격을 유지해야 한다는 것이다.

그러나 고슴도치의 가시가 날카로워도 새끼를 키우는 데는 문제가 되지 않는다. 앞가슴 쪽에는 가시가 없어서 새끼가 젖을 먹는 데 방해될 게 없다. 어미는 앞가슴을 내밀고 새끼는 앞쪽으로 젖을 빤다.

사람도 마찬가지가 아닐까. 옆구리나 등을 대지 않고 앞가슴으로 상대를 받아들이면 우리네 인간관계도 탈이 없을 것이다.

한 발짝 더

집안의 몰락, 굶주림, 전학, 대학입시 네 번 실패, 또 한 번 집안의 몰락, 휴학, 소설 응모 6년 연속 낙방……. 죽지 않으려고 몸부림치며 겨우겨우 살아있었던 내 젊은 시절을 생각하면 지금도 마음이 서늘할 때가 있다.

그런 슬픔, 좌절, 실패, 고통, 절망이 한 땀 한 땀 꿰어져 나를 성장시켰다. 세월이 지나고 보니 그 시절의 아픔이 소설 쓰기에는 참 소중한 원자재였다.

누구라도 인생에는 갖가지 시련이 있다. 지나고 보면 그것이 연습이란 걸 알게 된다. 두려워 말고 통과해야 한다. 훗날 그것들이 큰 재산이고 근사한 추억이 된다.

후회하지 않으려면 내 인생을 향해 한 발짝 더 내디뎌야 한다.

바지런한 영혼

애써 노력하지 않아도 사람은 심장이 뛰고 숨을 쉰다. 그러나 그것은 생물학적 자율신경계의 움직임이지 사람다운 구체적 행위는 아니다. 시계는 멈추어도 24시간이라는 틀이 있어서 하루에 두 번은 맞지만 사람은 틀에 짜여진 인생을 사는 것이 아니기에 멈추면 탈이 난다.

편안한 삶 속에는 성장이 없다. 뭔가를 시도한다는 것은 실패의 위험을 감수한다는 뜻이기도 하다. 위험을 감수하는 사람이 천하를 흔들거나 호령하기 마련이다.

멈추고 싶은 생각이 들 때 '내가 죽은 뒤에 어떤 사람으로 기억되고 싶은지'를 써보는 것도 괜찮다.

육신은 쉬어야 기력이 생기지만 영혼은 바지런해야 빛난다.

명창 되기

우리말에 '귀 명창'이란 게 있다. 판소리를 즐겨 듣고 그 소리를 제대로 이해하며 추임새를 넣어 흥을 잘 돋우는 사람을 일컫는다. 관객이 없는 무대 위의 명창은 쓸쓸하다. 명창을 명창답게 만드는 것은 바로 소리를 소리답게 듣고 흥을 돋우어 소리가 천상천하에 어우러지게 만드는 사람이다.

사람의 말을 잘 들어주는 사람은 누구라도 귀 명창이다.

사람의 슬픈 마음을 잘 다독여주는 사람은 누구라도 보살 명창이다.

사람의 아픔을 잘 치료해주는 사람은 누구라도 사랑 명창이다.

사람의 배고픔을 잘 거들어주는 사람은 누구라도 가슴 명창이다.

사람의 잘못을 잘 덮어주는 사람은 누구라도 천사 명창이다.

내 어머니였다면

스승께서 말씀하셨다.

"미워하는 사람이나 나를 비난하는 사람이나 내게 욕하는 사람을 전생에 내 어머니였다고 생각해보라."

밉고 싫은 사람을 어찌 내 어머니였다고 생각할 수 있겠는가. 그 정도가 되려면 크게 깨달았거나 높은 경지의 지혜를 터득했거나 덕망 높은 성직자 수준에 이르러야 할 것 같았다. 속세에 발 딛고 세파에 휩쓸려 사는 사람이 무슨 재주로 그 경지에 도달할 수 있으랴.

어느 날, 속상하고 견디기 어렵고 고통스러워 '에라, 장난으로 한번 해보자'라며 밉고 싫은 사람을 전생에 내 어머니였다고 생각해보았다. 그랬더니 내 안에서 괴이한 일이 벌어졌다.

어머니를 속이고 마음 상하게 하고 괴롭히고 아프게 했던 일들이 주마등처럼 떠올랐다. 받고 받아 넘치고 넘친 사랑도 마구 포개졌다.

생각을 슬쩍 바꾸니 내 마음속의 악마가 사라지고 내가 가볍고 편안해졌다.

사랑은 샘물 같아서

김치는 익지 않으면 풋내가 나고 너무 익으면 신내가 난다. 그래서 풋내를 거쳐 신내가 나기 전까지의 김치가 맛있다. 사랑도 김치와 같아서 설익거나 너무 익어서는 안 된다.

세상에 완벽한 인간은 없다. 그런데 사랑을 하게 되면 상대가 완벽에 가까워지기를 은근히 기대한다. 나를 만족시켜주고 기쁘게 해주고 내가 원하는 걸 척척 알아서 해주기를 기대한다. 그러나 사랑은 받기만 하고 쌓아두는 게 아니라 행복하기 위해 자꾸 소비해야 하는 것이다. 사랑은 샘물 같아서 퍼 써야만 한다. 그렇지 않으면 샘물이 썩어서 악취만 진동할 뿐이다.

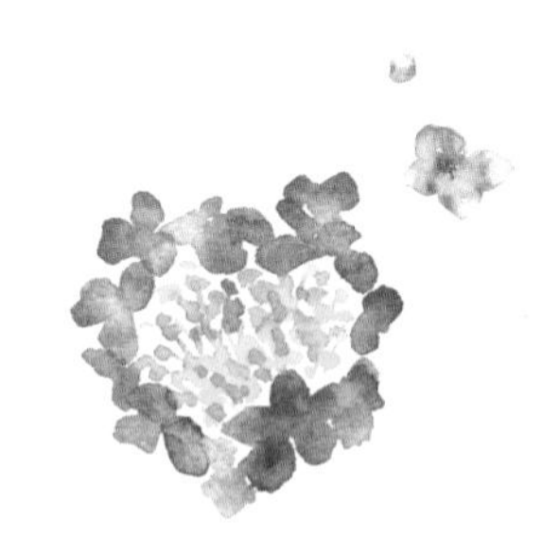

향기 나는 곳으로

꽃이 흐드러지게 피어난 동양란 온실은 온통 난향 천지였다. 비단옷 차려입은 화사한 궁중 여인을 닮은 난부터 그리운 임 만나 화들짝 웃는 여인의 자태를 닮은 난까지 그야말로 꽃대궐이었다. 은은한 향기는 눈과 귀와 코와 입을 황홀하게 만들어주기도 했다.

휴대전화로 사진을 찍어 지인에게 보내며 '난향을 담뿍 실어 보낸다'라고 했더니, 대뜸 '아, 향기로워라. 난향에 흠뻑 휩싸였더니 답답했던 가슴이 시원해졌다'라는 문자가 왔다.

향기가 갔을 리 없지만 향기를 맡은 게 분명했다. 코로 향기를 마신 게 아니라 마음과 생각으로 흠뻑 마신 것이다. 사랑을 주고받는 것도 생각과 마음이지 형체가 있는 건 아니다.

근심과 걱정은 우리가 스스로 쇠꼬챙이나 가시를 만들어서 자기 가슴을 콕콕 찌르는 것이다. 악취 나는 곳에는 누구든 가지 않으려고 한다. 근심과 걱정 근처에 갔다면 얼른 빠져나와야 한다.

잠깐의 투자

자료정리를 하다가 옛날 흑백사진을 보면 나의 옛 모습이 꽤나 촌스럽고 어리숙하다는 느낌을 받는다. 옛날 연예인들의 흑백사진을 보면 촌스럽다고 느끼듯 나의 옛 모습도 낯설 때가 있다. 지금 내 모습도 훗날에 남이 보면 촌스럽다고 할 게 뻔하다. 사진 기술뿐 아니라 의상, 헤어스타일이 계속 달라지기 때문에 더욱 그렇게 느껴질 가능성이 많은 것이다.

외모와 외양 가꾸는 기술은 나날이 발전하지만 마음과 생각 가꾸는 기술은 답보 상태이거나 오히려 후퇴하는 게 아닌가 하는 걱정이 앞선다.

하루에 5분 정도만 편안한 자세로 앉아 눈을 지그시 감은 채 명상을 하는 것만으로도 꽤 좋은 마음 가꾸기가 된다.

10년쯤 후 내 얼굴이 지금보다 훨씬 품격이 있으려면 그 정도의 투자는 해야 한다.

개성과 열정

과거에는 연예인을 '딴따라'라 부르며 무시하고 운동선수를 공부 안 한 가난뱅이 취급을 하기도 했다. 그런데 지금은 젊은이들이 가장 선호하는 직종이 되었다.

요즘은 성적순으로 인기 대학 인기 학과를 선택하는 개성 없는 시대가 되었다. 10년이나 20년 뒤에도 지금처럼 의료인, 법조인을 선호하게 될까.

세상을 바꾸고 사람들을 기쁘게 하고 삶의 희망을 전달하는 사람들의 특징은 자기 개성을 열정적으로 펼쳤다는 점이다.

인생을 바꾸고 싶다든지, 근사하게 살고 싶다든지, 뭔가 보람차게 살고 싶다면 자기 인생을 걸고 드세게 세상과 한 판 맞붙는 정열이 있어야 한다. 그래야 기회도 주어지고, 인정받을 수 있다.

인간이 가진 최고의 아름다움은 개성, 열정, 희망, 도전, 사랑, 용서, 배려이다.

타인의 눈으로 나를 보기

자신이 누구이며 어떻게 살아야 하는지를 묻는 제자에게 나는 이렇게 말했다.

"친구나 주변 사람 열 명 정도에게 세 가지를 솔직하게 말해달라고 하라. 첫째, 내 매력이 무엇인가, 둘째, 내 허점이 무엇인가, 셋째, 내가 어떤 사람이길 바라는가. 솔직히 말해도 섭섭해하거나 기분 나빠하지 않겠다는 굳은 약속도 절대로 잊지 말라."

열 사람 이야기가 각기 다를 수도 있고 비슷한 게 있을 수도 있지만 그들의 솔직한 대답은 곧 지금 나의 모습인 것이다. 그들의 대답을 통해 내가 무엇을 고치고 어떻게 다듬으면 세상과 어울릴 수 있는지를 어느 정도 알게 된다.

아는 것으로 그치면 모르는 것과 다를 바 없다. 가슴만 묵직하게 아프거나 답답해진다.

나를 바꾸면 된다. 해답은 내 안에 있다.

명품 사람

상품의 역할, 기능, 이름값 등을 따져 그만한 가치가 있을 때 우리는 명품이라고 부른다. 명품은 비싸다. 하지만 돈을 내면 누구라도 가질 수 있다. 또한 명품은 그것을 지니는 사람에 따라 그저 천박한 상품으로 전락할 수도 있다.

때문에 명품을 가지려고만 하지 말고 스스로 명품이 되도록 애써야 한다. 사람이 명품이면 그가 가진 모든 것이 명품이 된다. 명품 사람을 명사라고 한다. 명사는 자신을 모두 투자한 사람만이 누리는 특권을 갖는다. 명품이 되기 위해서는 사용자의 품평이 중요하다.

명사는 남의 평을 듣기 전에 자신을 스스로 먼저 품평할 줄 안다.

100명, 10명

어떤 조사에 따르면 한국에서는 3단계만 거치면 전혀 모르는 사람과도 인연이 닿고, 세계 어느 나라 사람이라도 6단계만 거치면 악수를 할 수 있다고 한다. 한 사람이 100명을 알면 그 100명도 또 100명을 안다는 가정을 하는 것이다. 100명의 100명은 1만 명, 1만 명의 100명은 100만 명, 100만 명의 100명은 1억 명, 1억 명의 100명은 100억 명이 된다.

공책에 내가 아는 사람을 100명쯤 써보라. 친인척을 빼고 내 부탁을 부담 없이 흔쾌히 들어줄 사람 100명의 이름을 쓸 수 있는지를 먼저 알아야 한다. 그런 사람 100명의 이름 쓰기가 정말 쉽지 않다는 것을 알 수 있다. 억지로 100명을 만들기보다 진솔한 10명을 만들 생각을 해야 한다.

아니 내가 누군가의 10명 안에 꼭 들어가는 방법을 찾아야 한다.

지나치지 않게

오래전에 국무총리 내정자가 검소하게 산다는 걸 강조하려고 자기 집의 틈새 갈라진 시멘트 담장 사진을 공개한 적이 있다. 그건 검소한 게 아니라 게으른 것이다. 시멘트 한 됫박과 모래 서너 삽이면 해결될 일 아닌가.

미화하는 것도 지나치지 않게 주변을 배려해야 하고 흠을 잡을 때도 지나치지 않게 전후 사정을 살펴야 한다.

향수도 적절히 뿌려야지 흠뻑 뿌리면 주변이 괴로운 법이다.

영혼을 얼굴처럼

내 모습은 남이 볼 때는 괜찮다고 하는데 내가 거울을 보면 주름이 많아 보이거나 점이 커 보이거나 피부가 거칠어 보이기 십상이다. 그러나 영혼은 육신과 전혀 다르다.

영혼은 내가 보기에는 괜찮아 보이는데 남의 눈에는 단점이나 결점이 유난히 잘 보이기 마련이다.

그런데 대부분 육신을 갈고 다듬기 위해서는 운동을 열심히 하고 피부를 관리하고 음식을 조절하고 더러는 현대의학의 힘을 빌려 예쁘게 다듬지만, 남의 눈에 잘 보이는 영혼 다듬기에는 게으르다.

영혼 다듬기도 육신 다듬기만큼만 하자. 인품의 향기는 연마된 영혼에서 난다.

뇌 속이기

사람의 뇌는 현실과 상상을 구분하지 못하기 때문에 우리는 뇌를 속일 수 있다고 한다. 레몬 같은 과일을 연상하면 입에 침이 고이고 잘 벼린 칼로 베었다는 소리를 듣는 순간 소름이 돋듯이 뇌는 마음 따라 작용한다고 한다.

기분 나쁜 꿈을 꾸고 해몽을 잘하는 사람에게 꿈 이야기를 했더니 "꿈은 반대로 나타나는 것이니 오늘 참 좋은 일이 생길 겁니다"라고 했다. 찌뿌듯하던 마음이 편해지고 뭔가 기대를 품게 되었다. 몹시 기분 좋은 꿈을 꾸고 해몽을 해달라고 했더니 "좋은 일이 생길 테니 너무 좋은 척하지 말고 지내야 복이 달아나지 않습니다"라고 했다. 기분 좋은 느낌이 오래갔다. 바로 그 사람이 최고의 해몽가인 까닭을 알 수 있었다.

나는 참 잘났다. 나는 멋지다. 나는 아름답다. 나는 향기롭다. 나는 잘 웃는다. 나는 행복하다. 나는 남을 기쁘게 한다. 지금부터 내 뇌를 속여보자. 그러면 속인 대로 된다. 그 대신, 될 때까지 해야 한다.

건강한 싸움

주례를 설 때면 청춘남녀에게 부부 싸움을 해보라고 한다. 하지 말라고 해도 안 할 수 없는 것이 부부 싸움이다. 그러니 음식에 양념하듯 해보라고 일러준다.

한 집에 살면서 갈등, 다툼, 미움이 없으면 그건 사물끼리 사는 것이다.

배추를 그냥 먹는 것보다 맵고 짜고 자극적인 양념을 비벼 숙성시키면 맛있는 김치가 되듯 숙성의 도구로 싸우는 건 도리어 부부 관계에 도움이 된다.

관상을 만드는 것들

한국 사람 1천 명당 13.5명이 성형수술을 했다는 국제미용성형학회 회원 대상 조사 분석자료가 공개된 적이 있다. 전문가는 발표 내용보다 훨씬 많다고 주장했다.

우리나라는 '성형 천국'이다. 외모도 경쟁력이라는 사회 분위기 때문에 그렇게 되었다는 분석이 있다. 정말 외모가 경쟁력이란 말이 사실일까.

신입사원을 공채할 때나 고위 인사를 선정할 때 심사위원으로 몇 번 참여해본 적이 있다. 심사결과를 살펴보면 외모를 보는 게 아니라 그 사람의 분위기와 태도와 표정을 따진다는 걸 알게 된다.

우리가 흔히 말하는 관상이란 생김새가 아니라 마음이 표출되는 심상이다. 기분 좋은 일에 표정이 밝고 언짢은 일을 만나면 표정이 어두운 것을 생각하면 쉽게 알 수 있다.

사람의 관상을 흉하게 만드는 건 근심, 미움, 화, 불평, 두려움, 의심이고, 사람의 관상을 우아하게 만드는 건 용서, 사랑, 아량, 베풂, 여유이다.

나쁜 욕구는 평생 간다

한나라 민요 「서문행(西門行)」에는 '사람이 백 년도 채워 살지 못하면서 늘 천 년어치의 근심을 품고 산다'라는 구절이 있다. 수천 년 전에도 사람들은 근심 걱정에서 벗어나려고 애를 태웠던 듯하다.

인간의 삶이 편리해지면 근심 걱정이 줄어들어야 하는데 오히려 근심 걱정이 늘어난다. 그 까닭은 무엇인가. 삶이 편리해진 만큼 욕구도 덩달아 팽창하기 때문이다. 욕구는 결코 나쁜 게 아니다. 터무니없는 욕구, 쓸데없는 욕구, 노력하지 않고 가지려는 욕구, 부당하게 남의 것을 빼앗으려는 욕구, 공짜 욕구가 해결되지 않는 근심이 된다.

반면, 정상적인 근심은 지혜를 얻는 도구가 된다.

기쁨은 누리고 슬픔은 여며두자

훗날 내가 죽을 때 가지고 가는 게 무엇일까. 그렇게 가지고 싶었던 돈도 명예도 권력도 가지고 갈 수 없다. 옷과 자동차와 집도 두고 간다.

가져갈 수 있는 건 내가 사랑했던 것, 즐겁고 기뻤던 것, 베풀고 용서했던 것, 그리고 슬프고 화났던 것, 아프고 속상했던 것, 밉고 싫었던 것 들이다. 어떤 물체가 아니라 형체가 없는 추억만 가슴에 안고 가는 것이다.

지금의 고난과 아픔과 슬픔은 결국 추억이 된다. 기쁨은 맘껏 누리고 슬픔은 잘 여며두면 추억이 만발한 멋진 인생이 된다.

걷자

평균수명이 늘어나면서 3명 중에 1명은 암에 걸린다는 전문기관의 보고서를 봤다. 더불어 성인병도 만연하다고 한다.

암예방학회에서는 일주일에 5일, 30분씩만 약간 빠르게 걷기만 해도 암을 예방할 수 있다고 발표했다. 우리 몸속에 있는 206개의 뼈와 600여 개의 근육이 일제히 움직이고 모든 장기의 활동이 활발해진다고 한다.

운동 강도가 너무 높으면 오히려 활성산소가 발생해 세포를 빨리 늙고 병들게 한다니 속는 셈치고 한번 걸어볼 일이다.

걷기는 세계보건기구(WHO)에서도 적극 권장하는 최고의 건강법이자 질병예방법인데, 몸에 좋다는 걸 알면서도 잘 지키지 않는 까닭이 무엇일까. 당장 아프거나 절박하지 않기 때문이다.

내가 나를 사랑하고 아끼지 않으면 남도 나를 아끼지 않는다. 좋다는 게 분명할 땐 그냥 해버리면 된다. 몸만 걸으면 안 된다. 마음도 걸어야 한다.

몸에게 고맙다

중국의 어느 바닷가 마을에 사는 중년 여성의 일상 생활을 촬영한 동영상을 봤다. 두 팔이 없는 그녀는 옷을 입고 벗는 것부터 밥 먹고 빨래하고 반찬 만드는 것까지 모든 걸 발가락으로 했다. 바다에 나가 게를 잡고 요리하고 바느질을 했다. 성냥을 켜서 불을 피우고 발가락으로 카드놀이까지 했다.

발가락으로 칼국수를 만드는 장면은 예술 작품 같았다. 밝은 모습으로 사는 그녀의 당당함에 사지 멀쩡한 나는 부끄러움을 느낄 수밖에 없었다.

나는 왜 내 몸을 힘껏 사랑하고 아끼지 않았는가. 조금만 불편하면 짜증내고 불평했는가. 이 한 몸이 사라지면 내가 없어지는 것인데, 그 소중한 몸을 왜 못살게 굴었을까.

몸을 끌고 가는 게 마음이라 했다. 몸에게 자꾸자꾸 고맙다 고맙다 말을 하라.

사랑의 신호

금슬이 좋던 노부부가 있었는데, 부인이 뇌졸중으로 쓰러져 혼수상태가 되었다. 남편이 정성껏 간병을 해도 차도가 없어 애를 태우다가 문득 한 생각이 떠올랐다. 남편은 아내의 손바닥을 손가락으로 꼭꼭꼭 세 번을 눌렀다. 아내가 미세한 반응을 보였다. 남편은 그날부터 수시로 아내의 손을 잡고 꼭꼭꼭 세 번 눌렀고, 며칠 만에 아내도 꼭꼭 두 번을 아주 가볍게 눌렀다.

그렇게 날마다 손을 잡고 손가락으로 꼭꼭꼭 누르기를 반복하자 몇 달 만에 아내가 손가락으로 누르는 힘이 세어졌다. 몇 달 후 아내는 눈을 떴고 더듬더듬 말을 하기 시작했으며 스스로 미음을 먹더니, 결국 언제 뇌졸중을 앓았더냐 싶게 회복했다.

평소에 남편이 아내의 손을 잡고 손가락으로 '꼭꼭꼭(사랑해)' 누르면 아내가 '꼭꼭(나도)'이라는 신호를 주고받았기에 부인이 건강을 되찾았던 것이다.

사랑하는 사이라면 '신호' 하나쯤은 만들라. 사랑의 신호!

고마운 경쟁자

어느 대기업 회장이 '경쟁'에 대해서 이런 이야기를 했다. "일본이 없었다면 우리가 죽어라 뛰었을까."

아사다 마오가 없었다면 김연아 선수가 저렇게 아름다울까. 일본의 소니가 없었다면 삼성전자가 저리 세상을 흔들었을까.

그렇다. 나에게 강한 상대, 강한 친구, 강한 이웃, 강한 선두주자, 강한 경쟁자 들이 있기에 스스로를 가다듬고 뛰는 것이다.

마라톤 경주에서 선두 그룹의 선수들은 결승선 가까이까지 함께 뛴다. 그 덕에 우승자는 좋은 성적을 거두는 것이다.

내가 강한 사람이 되려면 강한 사람 곁으로 가야 하고, 내가 성공하려면 성공한 사람 곁으로 가야 하고, 내가 행복하고 싶으면 행복한 사람 곁으로 가야 한다. 그들을 질투하거나 시샘하지 말고 결승선을 향해 막판까지 같이 뛰는 고마운 경쟁자라고 생각하라.

어머니 밥상

고향 친구들과 후배들은 우리 어머니를 잊을 수 없다고들 한다. 세상이 온통 가난과 배고픔으로 도배된 시절이라 어느 집이든 양식 걱정을 하던 때였다. 끼니때면 어머니는 친구나 후배 들에게 상을 차려주었는데, 밥이 모자라면 라면에 밥을 말아 같이 먹이고, 애써 모아둔 누룽지를 끓이거나 그래도 모자라면 김치죽을 끓여서라도 고픈 배를 달래주었다.

아들의 친구는 아들이고 아들이 좋아하는 후배도 아들이라고 생각했는지 모른다. 그렇게 거둬 먹이고 정작 어머니는 고픈 배를 물로 채웠는지도 모르겠다.

그런데 지금의 나는 어떠한가. 밥 걱정 않고 풍요로운 생활을 하면서 내 희생이라고는 털끝만큼도 하기 싫으니, 이를 어쩌랴!

자꾸 시도하자

어린애가 젓가락으로 콩자반을 다박다박 먹을 수 있는 것은 부단히 연습했기 때문이다. 인생은 저절로 얻어지는 게 별로 없다. 애써야 얻어지는 것투성이다. 그런데 사람들은 애쓰지 않고 많은 것을 얻고 싶어 한다.

나도 그렇다. 나는 악기를 하나도 다루지 못한다. 하모니카도 불어보고 기타 줄도 퉁겨보았으며 피리, 장구, 색소폰을 배워보려고 얼씬거려본 적도 있다. 그런데 단박에 잘되지 않으면, 악기는 음악적 감각을 타고난 사람들이나 하는 거라는 핑계를 대며 쉽게 포기해버리고는 했다.

색소폰을 잘 불어 분위기를 돋우는 친구를 보면, 그때 조금 더 배울 걸 그랬다고 후회한다. 지금 배워도 늦지 않다는 격려를 받으면 색소폰을 당장 살 것처럼 하다가도 하룻밤 자고 나면 '나는 음악에 소질이 없으니 배우다가 스트레스나 받겠지' 하며 포기한다.

그 과정에서 한 가지 배운 게 있다면 인생은 자꾸 시도해야 좋아진다는 것이다.

용단과 지혜로 인재를 얻는다

내 친구는 3년 재수 끝에 겨우 대학에 들어가 졸업한 뒤에 ROTC 장교로 제대했지만, 2년 동안 수없이 이력서를 쓰기만 했다. 고심 끝에 한 가지 꾀를 냈으니 '건' 자에 점 하나만 찍어 '전' 자로 바꾸어서 명문 고등학교 졸업장을 만든 것이다. 입사하고 싶은 직장의 책임자가 '전' 자가 들어가는 고등학교 출신이라는 걸 알아냈기 때문이다.

친구는 입사 동기 중 가장 승진이 빨랐고 직장에서 인정받는 인물이 되었지만 늘 마음이 편치 않아 내게 전후 사정을 하소연했다. 친구를 뽑아준 사람이 사장까지 되었는데 더 이상 속일 수 없으니 같이 만나 대신 말해달라는 것이다.

그렇게 사장을 만났고, 친구가 잠깐 자리를 비켜준 사이에 나는 사실을 털어놓았다. 사장은 소리 내어 웃으며 말했다.

"그 사람이 입사하고 오래지 않아 그 사실을 알았습니다. 하지만 워낙 일을 잘하고 아이디어가 좋아서 저만큼 유능한 사람이 우리 회사에 와준 게 오히려 고마웠죠. 학력이 무슨 소용입니까. 사람이 된 걸."

내 친구는 자신의 거짓과 콤플렉스를 뛰어넘기 위해 최선을 다했기에 회사의 중요 책임자가 됐다. 내 친구를 알아봐 준 사장의 용단과 지혜가 취업난의 이 시대에 새삼 그립다.

거저 얻은 건 가짜

로또 복권 1등 당첨자 중에 60퍼센트는 당첨 사실을 배우자에게 숨긴다는 복권 수탁업체의 조사 결과를 보고 여러 생각이 엉켰다. 숨기는 당첨자 수가 실제로는 더 많을 거라고도 했다.

세계적인 조사 기관에서 거액의 복권 당첨자를 오랜 기간 추적 조사한 결과에 따르면, 그들 대부분이 불행해졌다고 한다. 그러나 그 돈으로 남을 돕거나 일정 액수를 공익사업에 기부한 사람들은 여전히 행복했고 재력도 유지되었다고 한다.

고생이나 정열을 바치지 않고 얻어진 것들은 오래 남아있지 않고 그로 얻는 즐거움도 순식간에 사라진다.

우리네 인생도 원하는 것을 거저 얻기보다 조금쯤 부대끼며 얻어야 가치가 있다. 거저 얻는 건 대체로 가짜이거나 불량품일 수밖에 없다.

꽃을 기다리는 동안 4월

주는 사람의 행복

손자가 태어난 지 한 달 만에 우리 집으로 첫 나들이를 왔다. 온다는 전화를 받고 나는 화분의 양란에서 붉은 꽃 열다섯 송이와 하얀 꽃 세 송이를 잘라 대문에서 계단 끝까지 송이송이 가지런하게 놓았다. 그러고는 손자를 맞아들였다. 손자 녀석은 너무 어려서 할아버지가 계단마다 어여쁜 꽃을 늘어놓은 줄도 모를 것이다. 그러나 나는 손자를 생각하며 꽃송이를 늘어놓을 때 행복하고 기분이 좋았다. 받는 사람보다 주는 사람이 행복하다는 말을 실감했다.

아끼는 후배 사진작가의 스튜디오를 방문했을 때, 복도 좌우로 붉은 장미 꽃잎을 잔뜩 뿌려놓은 걸 발견하는 순간 내가 귀한 대접을 받는다는 생각에 행복해졌다. 아, 후배도 꽃잎을 뿌리며 정말 즐거웠겠구나. 한번은 원불교 서울 교당에 초대받아 갔는데 마사토로 다져진 마당에 금방 대나무 빗자루로 곱게 쓴 자국이 선명했다. 마당을 쓴 사람이 손님들을 떠올리며 기뻐했겠구나. 정성으로 손님을 맞아준 덕에 소박한 음식과 차가 그리도 맛있고 고마웠구나.

장애 이론

수컷 공작의 현란한 꼬리는 생존하는 데는 장애가 되지만 암컷에게 선택받기에는 유리하다고 한다. 이스라엘의 동물생태학자 아모츠 자하비 박사는 '장애이론(handicap theory)'을 발표했다. 수컷의 꼬리가 현란할수록 안전에는 장애가 되지만 암컷에게는 보다 정확한 신호를 보낸다는 주장이다. 즉 장애가 있음에도 살아있는 것은 난관을 극복할 능력이 뛰어남을 확인시켜주는 증거라고 했다.

누구나 약점과 모자란 것이 있기 마련이다. 현명한 사람은 자신의 약점을 극복하려고 애쓰기 때문에 그를 존경하고 따르는 사람이 많은 것이다. 사람은 장애와 약점을 생존가치로 삼을 때 더욱 빛난다.

상대는 나의 거울

6·25전쟁 때 적군을 용감하게 무찔렀다고 늘 자랑하는 할아버지에게 어린 손자가 질문했다.

"할아버지, 왜 적군에게는 총 쏠 기회를 전혀 주지 않는 거예요?"

흔히 자랑이란 나를 내세우는 일이다 보니 어쩔 수 없이 내가 중심일 수밖에 없다. 그러나 적군이 용감무쌍해야 내가 훨씬 용맹한 사람이 된다는 걸 잊어선 안 된다. 내 존재 가치가 높아지려면 상대도 그만큼 가치 있는 사람이어야 한다.

보잘것없거나 하찮은 사람과 맞서는 건 나도 별로 잘나지 않았다는 것을 보여주는 것이다. 남을 소중하게 여기면 내가 존엄해지고 남을 존중해주면 내가 존경받는 사람이 된다. 상대는 곧 나의 거울이다.

아는 듯 모르는 듯

겸손한 사람을 만나면 절로 나도 저런 인품을 지녀야겠다는 생각을 하게 된다. 겸손은 자신을 낮추는 게 아니라 자신의 품격을 아름답게 높이는 기술이다. 오만과 다툼은 늘 자신이 옳다고 생각해서 생기는 것이다. 다리 위에서 흐르는 강물을 보면 다리가 흘러가는 듯하고 옆의 차가 움직이면 내가 타고 있던 차가 움직이는 것 같은 착시 현상이 일어난다. 그렇듯, 내가 보고 느끼는 게 꼭 옳고 정확한 게 아니라는 걸 아는 것이 진짜 겸손이고 지혜이다. 통상 해가 뜨고 졌다고 말하지만 해는 그 자리에 있고 지구가 돌았을 뿐이다.

내 마음도 변덕스러워 내가 잘 모르는데 어찌 남의 마음과 생각을 훤히 본 듯이 알 수 있겠는가. 사람끼리 어울려 살려면 아는 듯 모르는 듯 해야 할 때가 훨씬 많다.

마음의 면역세포

나무는 스스로를 지키기 위해 항균 물질인 피톤치드(phytoncide)를 내뿜는다고 한다. 피톤치드는 사람 몸 속의 나쁜 병균을 없애주거나 유해물질을 중화시키기도 한다. 세로토닌(serotonin)은 뇌에서 분비되는 신경 전달 물질인데 만족감이나 행복감을 느끼게 하는 호르몬으로 알려져 있다. 숲의 흙 속에 있는 미생물은 세로토닌을 많이 생성시킨다고 하며, 우울증 천연 치료제로도 알려져있다. 그래서 숲길 산책은 건강에 매우 유익하다.

사람의 몸도 스스로를 지키기 위해 면역세포를 생성하여 유해균을 막아내고 있다. 몸에 면역세포가 있듯 마음에도 면역세포가 있다. 그것은 사랑과 용서의 마음이다. 그리고 '나는 세상에 하나밖에 없는 존귀한 존재'라고 인정하는 것이다.

4월 6일

건강한 천적 관계

먼 바다에서 잡은 생선을 서울까지 싱싱한 상태로 가져오기 위해 천적을 몇 마리 넣어둔다고 한다. 물고기들이 살기 위해 계속 헤엄치고 긴장하기 때문에 식탁에 오를 때까지도 싱싱하다고 한다.

혼자 사는 사람보다 결혼한 사람이 건강하고 수명이 길다는 연구결과를 보면서, 부부도 평생을 함께 사는 동지이지만 서로 팽팽하게 긴장 관계를 형성하는 동지적 천적이라는 생각을 했다. 나쁜 의미의 천적 관계가 아니라 좋은 의미의 정신적 천적 관계인 것이다.

혼자 살면 간섭하거나 챙길 사람이 없으니 아무래도 생활이 덜 긴장될 것이다. 그러나 함께 살면 자기 기분이나 성질이나 습성대로만 살 수 없으니 자연스럽게 상대에 대한 배려가 생길 수밖에 없다.

배려는 결국 나를 내려놓고 상대를 생각하는 것이다. 서로 오래 건강하고 즐겁게 살기 위한 간섭과 긴장, 배려가 부부를 좋은 관계로 만든다.

건강검진

많은 사람들이 건강검진 받는 걸 꺼린다. 내 건강 상태를 점검하는 것이니 좋아해야 할 일인데도 마뜩잖아 하는 까닭은 왠지 모르게 불안하기 때문이다. 담배를 많이 피웠거나 술을 많이 마셨거나 운동을 게을리했다거나 하는 등 뭔가 불안한 구석이 있기에 꺼리는 것이다. 건강검진은 먼저 나를 위한 것이고 더불어 가족과 친지와 직장과 사회를 위한 것인데도 꺼리는 것은 문제가 당장은 눈에 보이지 않기 때문이기도 하다.

그런데 육신의 건강검진보다 더 중요한 게 있다. 바로 마음의 건강검진이다. 이때 의사는 바로 나 자신이다.

마음의 건강검진은 돈이 들지는 않지만 시간이 필요하다. 홀로 고요하게 자기를 들여다봐야 한다. 내가 누구이고 어디에서 왔으며 어디로 가고 있는지를 깊숙이 들여다봐야 한다. 남은 인생을 살펴보고, 죽을 때 어떤 사람으로 기억되고 싶은지를 정해야 한다.

적어도 1년에 한 번쯤은 마음의 건강검진을 받아야 한다.

홀로 성장할 수 없다

서울의 서초역 네거리에는 '천년향'이라는 이름의 향나무가 우뚝 서있다. 향나무 이름을 공모할 때 심사위원으로 참여해서인지 지나갈 때마다 유심히 쳐다보게 된다. 더러 향나무에 링거 병이 꽂혀있거나 청소차가 세척을 해주기도 하고 가뭄에는 물을 주고 거름을 주는 경우도 있다. 향나무가 산에 있다면 그렇게까지 애써 보살피지 않아도 그만이다.

나무끼리 있으면 서로 햇빛을 받으려고 사방으로 가지를 뻗고 키 자랑을 하기 마련이다. 물과 양분을 차지하려고 뿌리를 깊고 넓게 뻗는다. 그러다 보면 자연스레 나무가 싱싱하고 단단해진다.

인생도 마찬가지이다. 결코 홀로 성장하거나 홀로 뛰어날 수 없다. 경쟁하기 때문에 창조적 생각을 하고, 열정을 쏟아 더 나아지려고 정진하는 것이다.

나무들이 경쟁해서 숲을 이루듯 사람들도 경쟁해서 세상을 살맛 나게 만드는 것이다.

상대를 죽이는 경쟁이 아니라 함께 사는 따뜻한 경쟁이 우리를 기쁘게 한다.

'짝퉁'의 비애

핸드백으로 유명한 루이뷔통의 CEO는 시중에 제법 많은 '짝퉁' 루이뷔통 핸드백을 단속하려는 직원들에게 이렇게 말했다고 한다.

"짝퉁이 많다는 것은 우리 핸드백이 명품이란 증거니까 굳이 추적하지 말라."

짝퉁은 명품이 될 수 없다. 유명한 가수나 배우를 흉내 내는 이미테이션 가수나 배우가 명가수나 명배우가 될 수 없는 이치와 같다.

흉내가 창조의 밑바탕이라지만 자기만의 독특한 개성이 없는 흉내는 답습이나 모방일 뿐이다.

모방은 줏대가 없기에 가치를 인정받기 어렵다. 그런데도 사람들은 부자 흉내, 권력자 흉내, 명예 있는 자 흉내를 내느라고 애를 태운다. 그게 짝퉁의 비애다.

생각을 바꾸면 미움이 사라진다

봄날 등산을 하는데 아까시꽃 향기가 진동했다. 그 향을 깊게 마시며 사진도 찍고 문자도 보내며 즐거움에 젖었다. 가만 생각해보니 남의 산에 있는 아까시나무는 그리 예뻐하면서 우리 산의 아까시나무는 미워했다는 걸 알았다. 해마다 우리 산소에 바글바글 뿌리를 내리는 아까시나무 때문에 그것을 베어내고 약을 쳐 고사시키기를 반복했던 것이다.

그래서 슬쩍 생각을 바꾸어보았다. 우리 조상이 바쁘다는 핑계로 게으른 나를 가르치려고 씨를 뿌린 거라고. 그렇다고 우리 산의 아까시가 이쁘기까지야 하랴만 미운 건 사라졌다. 사람한테도 이래야 한다.

근심 걱정이 있더라도

누구나 근심 걱정을 하지 않고 살기를 바란다. 방법이 없는 건 아니다. 바보가 되는 것이다. 하등동물일수록 근심 걱정이 적다. 생존 본능이 근심 걱정보다 강하기 때문이다. 고등동물일수록 근심 걱정이 많고 고통의 부피가 크기 마련이다.

벌레로 살고 싶은지, 걱정이 많고 아픔이 깊고 이것저것 머릿속이 복잡하더라도 사람으로 살고 싶은지를 생각해보라. 어떤 때는 사람으로 태어난 것이 참으로 고통스러울 때가 있다. 그러나 벌레로 태어나지 않은 것이 얼마나 황홀한 기쁨인가는 조금만 생각해보면 안다. 사람으로 태어난 것 하나만으로도 엄청난 행운이라는 걸.

아무리 좋은 여건에 사는 반려견이라도 밖에서는 목줄을 매고 다녀야 한다. 사람은 자기 목에 목줄을 채우고 끌려다니지 않는다.

마음이 맞닿아야 인연

'옷깃만 스쳐도 인연'이란 말이 있다.

옷깃은 가슴과 가슴 사이, 바로 흉간에 있다. 그러니까 옷깃이 스치려면 서로 끌어안아야 한다. 지나가다가 그냥 스치는 걸 인연이라고 한 게 아니다. 가슴과 가슴이 맞닿아야 한다는 말의 진정한 뜻은 마음과 마음이 맞닿아야 한다는 것이다. 몸이 맞닿는 게 아니라 마음이 맞닿아야 그게 인연이라는 것이다.

마음은 멀리 있어도 맞닿을 수 있고 오래 떨어져있어도 맞닿을 수 있다.

상대가 다가오기를 기다리지 말고 내가 먼저 다가가야 한다. 인연을 곱게 가꾸는 비결이다.

마음 성형

어느 모임에 함께 간 딸아이에게 가까이 지내던 사진작가가 "피부도 맑고 이목구비가 또렷해서 참 예쁘네요"라고 칭찬했다. 그랬더니 딸아이가 "말로써 저를 성형수술시켜주셨습니다"라고 고마움을 표했다.

자신감이 있고 마음이 넉넉한 사람이라야 칭찬을 잘한다. 칭찬은 상대를 말로써 성형시켜 아름답게 해줄 뿐 아니라, 칭찬을 하는 이의 마음도 성형을 해주어 남들에게 존경을 받게 한다.

내 사람이 되려면

내가 아직도 만년필로 글을 쓰고 편지도 손글씨로 써서 보낸다고 하면, 힘들겠다는 사람보다 참 근사해 보인다는 사람이 의외로 많다. 그만큼 만년필로 글을 쓰는 사람이 별로 없는 것 같다. 어떤 사람은 대하 장편 역사소설 『대발해』의 원고 1만 2천 장을 만년필로 쓴 것을 보고 '인간문화재'라는 농담도 했다.

만년필 촉이 닳아 새 만년필을 장만하면 매일 20장 정도 써도 손에 익는 데까지 석 달쯤 걸린다. 남이 오래 쓰던 만년필도 마찬가지다. 사람마다 필체가 다르고 쥐는 법이 다르기 때문에 내 손에 익는 데는 새 만년필만큼 오래 걸린다. 만년필이 내 손에 익으려면 손가락과 손목에 힘이 들어가기 때문에 마비 증세로 고생하기도 한다. 만년필에 익숙해지는 데도 그런 진통을 겪는데 하물며 사람끼리는 어떻겠는가.

연인이든 부부든 진통을 겪어야 진짜 '내 사람'이 된다는 걸 잊지 말자. 다툼과 갈등이 있다면 그건 서로 더 좋은 쓰임새가 되어가는 과정일 뿐이다.

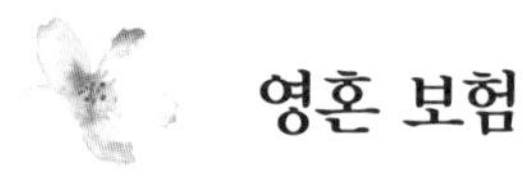

영혼 보험

누군들 안 그러랴만 세상살이에 가슴앓이를 할 때가 있다. 친구 같고 애인 같은 선배 소설가 최인호 형이 그런 일을 겪었다. 안타까운 마음에 성당에 다니는 게 어떠냐고 했더니 소리 내어 웃으며 말했다.

"나를 한번 설득해봐라."

그래서 그 순간 이렇게 말했다.

"교육 보험 들었고 자동차 보험 들었고 생명 보험 들었죠?"

"들 수밖에 없잖아."

"영혼 보험, 정신 보험 하나 들어볼래요?"

"그런 게 있나?"

"종교를 어렵게 생각 말아요. 그냥 영혼 보험, 정신 보험이라고 생각하면 그만이잖아요."

"그거 말 된다."

최인호 형은 그다음 주에 바로 성당에 나갔고 오래지 않아 영세를 받았다.

이런저런 종교 갈등이 생기는 경우가 있다. 내 종교는 옳고 다른 종교는 그르다는 생각 자체가 반종교적 사고이다.

타종교는 이름이 다른 영혼 보험이라고 생각하는 게 지혜이자 진짜 종교 정신이다.

지켜주려는 마음의 역사

외아들이지만 허약해 보이는 자식을 안타까워한 어머니가 내게 '수양어머니'를 맺어주었다. 그러면 자식이 건강하고 탈 나지 않는다는 속설을 섬긴 것이다.

요즘도 행운을 부르고 재앙을 막아준다는 '부적'을 찾는 사람이 의외로 많다고 한다.

3천 년 전의 전설로 알려진, 눈 모양의 이블아이(Evil Eye) 목걸이를 착용하면 나를 해치려는 사람이 도리어 재앙을 받는다고 하는 심벌 주얼리가 서양에서 유행하고 있다. 또 손바닥 모양에 눈 모습을 새긴 함사(Hamsa)도 악으로부터 보호해준다고 해서 많은 사람이 착용한다. 이런 심벌 주얼리는 자식을 보호하려는 부모의 애틋함 때문에 아이들도 착용한다고 한다.

과학이 발전해도 이런 속설이 사라지지 않는 것은 세상이 복잡하고 다양해질수록 '행운 맞이'와 '걱정 퇴출'에 대한 사람의 욕구도 커지기 때문일 것이다.

내가 누군가에게 '부적 같은 사람'이 된다면 얼마나 좋을까.

15명의 스승님

날마다 기분 상하게 하는 사건 기사를 보다가 살맛 나는 기사를 읽으면 온종일 기분이 좋다.

미국 캘리포니아의 어느 초등학교 4학년인 열 살짜리 소년 셀린카는 뇌종양으로 방사선 치료를 받아 머리카락이 모두 빠졌다고 한다. 어느 정도 몸이 좋아지자 셀린카는 모처럼 학교에 갔다. 교실 문을 열고 들어서며 소년은 깜짝 놀랐다. 같은 반 친구 15명이 모두 빡빡머리였기 때문이다. 반 친구들이 모두 이발소에 가서 삭발을 한 것이다. "우리가 할 수 있는 뭔가로 도와주고 싶었다"라는 친구들의 말은 가슴을 따뜻하게 하기에 충분했다.

그렇다면 나는 지금 가슴앓이를 하거나 아픈 친구에게 무엇을 해주었는지를 생각해보았다.

15명의 소년들은 적어도 며칠 동안 나의 스승이었다.

몸은 부지런하게, 마음은 느긋하게

사람답게 살려면 건강해야 하고 건강하게 살려면 몸을 움직여야 한다. 조상들은 먹이를 찾기 위해, 때로는 맹수에게서 달아나기 위해 부지런히 움직일 수밖에 없었다.

몸을 부지런히 움직이면 육신이 건강해지지만 그렇다고 마음까지 따라서 건강해지는 건 아니다. 마음은 오히려 몸과 다르게 느긋해야 한다. 마음이 부지런해지면 온갖 상념이 들끓고 심사가 고요해지지 않는다. 등산을 하거나 마라톤을 하는 동안에 머릿속이 복잡해지지 않는 것은 몸이 부지런하면 마음은 느긋해지는 원리와 같은 것이다.

몸이 부지런하면 몸이 유연해진다. 마음이 느긋하면 마음이 유연해진다. 굳은 몸은 병을 만들고 굳은 마음은 불행을 만든다.

불편함 속에서

발명은 불편하거나 손해를 보았을 때 그 보상 심리가 작용해서 생기는 것이다.

시계를 들고 다니기가 불편해서 손목시계가 생겼고, 언제 어디서나 전화를 걸 수 없는 불편함 때문에 휴대전화가 만들어졌고, 걸어 다니기 힘들어서 자동차가 생긴 것이다.

나는 종종 우산이나 휴대전화를 잃어버린다. 내 건망증은 고치기가 쉽지 않다는 생각에 한 가지 아이디어를 떠올려보았다. 휴대전화, 지갑, 핸드백, 우산 등등에 작고 얇은 칩을 붙여두었다가 나와 3미터쯤 떨어지는 순간 내 허리띠나 주머니 속에서 뎅뎅 소리가 나는 제품을 개발하면 건망증, 소매치기 등 여러 가지 문제가 해결될 수 있지 않을까.

불편할 때 훨씬 좋은 길을 찾아내기 마련이다.

생각이 쉬면 마음이 보인다

사람의 생각은 그침이 없기에 끊을 수가 없다. 근심, 걱정, 번뇌, 망상을 없애려고 애쓰지만 애쓰면 애쓸수록 부풀어 오르기만 하는 게 생각이다. 그래서 인간은 '생각의 동물'이라고 했는지 모른다. 번뇌며 망상을 없애겠다고 애태우는 것도 번뇌요 망상인 것이다.

생각이 쉬면 마음이 보인다고 한다. 생각을 쉬게 하는 최고의 방법은 '그냥 흘러가게 바라보는 것'이다. 생각은 그침이 없고 멈추는 게 아니니까.

부대낀 흔적

사람으로 태어났다면 세상에 남을 만한 흔적을 남겨야 한다. 제멋대로 쓴 낙서는 흔적이되 웃음거리가 되고, 고통 속에서 혼신의 힘으로 꾹꾹 눌러쓴 작품은 명문이 되어 남이 옮겨 적게 된다.

몸은 부대껴야 건강해지듯이 마음도 부대껴야 세상을 얻고 사람을 얻는다. 그렇게 부대끼며 살아온 흔적이 세상에 남아 오래도록 빛나는 것이다.

나의 말이 나의 모습

흰 쌀밥을 두 개의 유리병 속에 넣고 1번 병엔 '고맙습니다'를 써 붙이고 한 달간 고맙다, 예쁘다 등의 좋은 말을 하루 두세 번씩 하고, 2번 병엔 '밉다'라고 써 붙이고 밉다, 싫다, 짜증나 등의 말을 했더니, 놀라운 현상이 생겼다고 한다.

2번 병의 밥은 심하게 썩어 고약한 냄새가 났고, 1번 병의 밥에는 구수한 냄새가 나는 곰팡이가 피어있었다.

병 속의 밥이 사람 말을 알아들을 리 있으랴만, 세상사는 모두 통하기 마련이라는 말이 그르지 않은 것 같다.

병 속의 쌀밥도 사람의 말과 행동에 반응을 하는데 하물며 사람끼리는 오죽하겠는가. 남에게 고맙다, 예쁘다라고 하는 것이 내가 고마운 사람, 예쁜 사람이 되는 비결이다.

책이 스승

붓다께서는 세상의 이치를 아는 길에 세 가지가 있다고 했다.

첫째는 미루어 아는 것이고, 둘째는 그대로 아는 것이며, 셋째는 가르침에 의지하여 아는 것이다. 그중에 가장 높은 단계의 앎의 길은 가르침에 의지하는 것이라고 했다.

가르침에는 스승이 있어야 한다. 스승을 만나기란 쉽지 않다. 하지만 생각을 바꾸면 스승은 도처에 있다.

책을 읽는 것은 저자와 간접 대면하여 가르침을 받는 것과 같아서 책을 한 권 읽으면 스승 한 명을 만나는 것과 같다. 그래서 적어도 수입의 1퍼센트는 책을 사는 게 현명한 방법이다. 한 달 수입이 3백만 원이면 최소 3만 원은 책을 사야 한다. 1만 원짜리 책이라고 한다면, 한 달에 책 3권을 읽게 되고 세 명의 스승을 만나게 된다. 1주일에 책을 한 권씩 읽으면 1년에 50권이 넘고 10년이면 5백 권이 넘는다. 스승 5백 명을 얻는 것이니 어찌 지혜로워지지 않을 수 있겠는가.

기분 좋은 사람

누구나 남에게 기분 좋은 사람, 보고 싶은 사람, 부담 없이 만나고 싶은 사람, 무슨 이야기를 해도 잘 들어줄 사람, 늙어서도 변치 않을 사람으로 살고 싶을 것이다.

어찌 생각하면 어려울 것 같은데 또 어찌 생각하면 '나 하기' 달렸다는 걸 느낄 수 있을 것이다. 내가 좋아하는 사람을 떠올려보라. 대뜸 떠오르는 건 나를 좋아해주는 사람이다. 또 떠오르는 건 친절하고, 내 말을 잘 들어주고, 어울릴 때 부담 없고, 배려해주고, 잘 웃고, 마음 쓰임새가 건강한 사람이다.

내가 남에게 그런 사람이 되고 싶다면 남에게 그렇게 하는 게 최고의 비결이다. 지금 당장 종이에 내가 좋아하는 사람과 나를 좋아하는 사람의 이름을 써보라. 늙어서도 서로 기분 좋을 수 있는 사람을 열 손가락으로 꼽을 수 있어야 근사한 삶을 산다고 할 수 있다.

귀티가 나는 이유

석가모니, 예수, 마호메트, 공자 같은 성인의 초상화나 동상의 모습은 잘생겼다기보다는 귀티가 난다. 마하트마 간디는 마르고 강팍한 듯하지만 품격이 있어 보인다. 사람들은 흔히 잘생기기를 바라는데, 그런 잘생김은 인위적인 성형으로 가능한 세상이 되었다. 얼굴은 잘 다듬으면 잘생겨 보이거나 예뻐 보일 수 있다. 하지만 귀티가 나게 할 수는 없다. 귀티가 나려면 마음을 잘 다듬어야 한다.

삶의 상처가 많을수록 좋은 배우가 될 수 있다는 말이 있다. 영혼의 상처가 많을수록, 영혼의 상처를 잘 다듬은 사람일수록 귀티가 나는 법이다. 성인들이나 현인들이 겪은 고난을 떠올려보면 그들이 왜 귀티가 나는지 알 수 있다.

하나만 얻으려 해도

우리 인생에서 하나를 선택하면 다른 하나는 놓칠 수밖에 없다. 그런데 사람은 잃었을 때 느끼는 불행감을 얻었을 때 느끼는 행복감보다 두 배쯤 더 크게 느낀다고 한다. 사람들이 생각하는 행복의 조건은 수도 없이 많지만 큰 틀로 따지면 명예, 돈, 권력일 것이다. 셋 중에 하나만 얻어도 매우 많은 걸 갖는 것인데, 사람들은 그 모두를 다 갖고 싶어 안달을 한다. 셋 중에 하나를 가지면 그걸 정성으로 받들어야 나머지가 절로 따라오는 법이다. 나머지를 억지로 움켜쥐려고 하니까 '추락'하거나 '타락'하게 된다.

명예, 돈, 권력은 남들도 다 갖고 싶어 하는 것이다. 치열할 수밖에 없다. 그중에 하나만 가지려고 해도 인생 전체를 투자하는 정열과 집념이 필요하다. 정진하지 않고 공짜로 가지려고 하면 반드시 탈이 나기 마련이다.

탈 없이 정상에 오르려면 온몸이 땀투성이가 되고 피멍이 들어야 한다.

하나밖에 없는 존재

온 우주에 오직 하나밖에 없는 가장 찬란하고 존엄한 존재가 있다. 이것이 없으면 우주 만물도 없고, 하늘과 땅도 없고, 세상도 존재할 수가 없다.

너무 존귀해서 어떤 말과 글로 표현할 수 없고 천하에 없는 재주로도 그려낼 수 없다. 하도 신비하고 오묘해서 분석해낼 수 없으며 그의 변화무쌍함은 흉내 낼 수도 없다.

어쩌면 조물주 다음으로 위대한 존재가 분명하다.

아직까지는 우주에 그만큼 소중하고 가치가 있는 것은 없다는 게 정설이다. 하긴 그가 없으면 조물주도, 하느님도, 신도 존재할 수 없다.

무려 1백조 개의 세포로 만들어졌고 1개의 세포 속에는 1백조 개의 원자가 있다.

이제 눈치챘을 것이다.

바로 당신이 세상 최고의 명품이다. 명품은 명품답게 살아야 한다.

나를 좋아할 수 있는 것

온대지방에 사는 우리는 대체로 열대나 아열대의 풍경을 색다르게 느끼고 좋아한다. 마찬가지로 북방의 풍경도 구경하고 싶어 애써 경비를 마련하기도 한다.

그러나 그쪽 지방의 사람들은 온대지방의 풍경에 반하고 부러워하기까지 한다. 우리가 쉽게 볼 수 있는 설악산이나 지리산을 그들은 감탄사로 칭송하기를 주저하지 않는다.

우리의 아름다운 산하를 돌아보지 않고 외국 여행을 하면 자칫 우리 것이 보잘것없어 보일 때가 있다. 그래서 젊은 시절에 국토기행을 마음껏 하는 게 좋다.

사람도 마찬가지다. 내가 가지지 못한 걸 가진 사람을 좋아하기 마련이다. 남자와 여자가 서로 좋아하는 이유도 마찬가지다.

인생을 멋지게 살 생각이라면 남이 나를 좋아할 수 있는 걸 하나라도 더 가지는 게 좋다.

운동하고 웃고 어울리자

텔레비전의 어떤 프로그램에서 102세와 103세의 남성 노인 두 분을 취재했는데, 매일 30분씩 자전거를 타고 장작을 패거나 농사일을 하며 건강하게 사는 그들의 모습이 신기해 보였다. 잘 웃고 사람들과 어울리는 모습이 참으로 멋있었다. 비가 오는 날 오래된 녹음기에 테이프를 걸고 방에서 막춤을 추는 모습은 더 좋았다.

체온이 36.7~37도까지 오르면 림프구가 증가하여 면역력이 좋아진다고 한다. 운동으로 근육량을 늘려야 체온이 오르고 호흡량이 늘어나면서 기초대사량도 늘어 건강해진다고 한다.

스트레스를 받으면 체온이 떨어져 혈당 수치가 떨어지고 저체온으로 림프구가 감소된다고 한다. 스트레스를 많이 받으면 배가 차가워지는 까닭도 그 때문이라고 한다.

건강해서 운동을 하는 게 아니라 운동하고 잘 웃고 잘 어울려야 건강해지는 것이다.

인생을 내 집 가꾸듯

꽃집에서 꽃 배달을 하겠다는 연락을 받은 집주인은 기분이 좋았다. 집안일을 도와주는 아주머니에게 꽃을 받아 꽃병에 꽂아달라고 부탁하고 나가려 하자 아주머니가 못마땅한 듯 한마디 한다. “아이고, 며칠 지나면 쓰레기인데, 차라리 과일 같은 걸 보내지.” 주인에게는 어여쁘고 향기 나는 꽃이지만 도우미 아주머니에게는 며칠 뒤에 시들면 버려야 하는 그저 쓰레기에 불과했던 것이다.

꽃을 보고 주인은 즐겼고 도우미는 걱정부터 한 셈이다. 꽃이 오면 화병에 꽂아두고 즐거워하다가 때가 되면 그냥 버리면 그만이다. 물론 도우미는 쓰레기를 치우는 입장이기에 그 걱정이 앞설 수도 있다.

인생도 마찬가지다. 내가 세상의 주인이라고 생각한 사람은 자기 인생을 즐기지만, 매사에 자꾸 끌려다니는 사람은 머슴처럼 고달프게 살 뿐이다.

사랑할 시간은 많지 않다

5월

한 가지쯤은 진짜

왕이 사는 구중궁궐에 어찌 화사한 꽃이 없을손가. 그런데 궁궐에서는 생명 존중 의식 때문에 생화를 꺾어 치장하지 않았다고 한다. 갖가지 색으로 염색한 비단을 인두로 모양내어 만든 가짜꽃 채화(綵華)를 꽃병에 꽂아두었다는 것이다.

그런데도 벌과 나비가 날아들었다니 얼마나 정교하게 만들었을까 싶다. 궁에는 그런 꽃을 다루는 화장(花匠)이 수십 명씩 있었으며 질 좋은 비단을 홍화, 치자, 쪽, 쑥 등 천연재료로 염색하고 노루털이나 모시 가닥 수백을 겹쳐 꽃잎을 한 장 한 장 만들었다고 한다. 그런데 실제 벌 나비가 날아드는 것은 진짜 꽃가루를 꿀에 개어 가짜꽃 꽃술에 발랐기 때문이라고 한다.

인생에도 뭐든 진짜가 한 가지쯤은 꼭 있어야 한다.

깔끔한 첫인상을 원한다면

홈쇼핑에서는 상품을 10만 원이 아닌 9만 9천 원으로, 9만 원이 아닌 8만 9천 원으로 판매하는 경우가 대부분이다. 사람의 눈은 왼쪽에서 오른쪽으로 읽어나가는 습성이 있어서 첫 자리 숫자에 심리적으로 집중하기 때문에 상술로 이용한다는 것이다.

사람은 첫인상으로 인연을 선택하는 경우가 많다고 한다. 단 5초 정도면 심리적으로 집중하고 판단할 수 있다는 것이다.

그렇다면 내 표정과 내 분위기가 상대에게 어떤 첫인상이 되는지를 살펴볼 필요가 있다. 예쁘고 잘생긴 사람보다 편안하고 분위기 있는 사람에게 호감을 가지는 게 사람의 심리라고 한다. 머릿속이 복잡한 사람은 인상도 좋지 않고 분위기도 어둡다. 머릿속을 조금 비워두는 게 삶을 풍요롭게 하는 것이다.

사랑은 미루지 말자

빈센트 반 고흐는 "사람을 사랑하는 것보다 더 진정한 예술은 없다"라고 했다. 최고의 예술이 곧 사랑이라는 걸 유감없이 표현한 것이다.

세상에 존재하는 것 중에 가장 존귀한 것이 사람인 까닭은 바로 사람의 주성분이 사랑이기 때문인지도 모른다.

수천 수만의 생을 반복한다고 해도 우리가 지금 사랑하는 사람과 다시 만나서 사랑할 수는 없다. 지금의 사랑만이 가장 위대한 사랑이다.

사랑할 시간은 그리 많지 않고 지금 사랑하지 않고 미루는 것은 어리석은 것이다.

사랑의 온도는 100도가 아니다. 펄펄 끓으면 누구라도 화상을 입는다. 사랑의 온도는 36.5도이기에 늘 온화하다는 걸 잊지 말자.

마음의 면역력

군대에서 훈련받을 때 교관이 "이제부터 세상에서 가장 편한 자세를 취하라"라고 하면 모두 그 자리에서 누워버렸다. 사람은 직립 동물이기 때문에 눕는 게 가장 편할 것이다. 그런데 명상 수련을 할 때, 누운 채로 30분간 일체 움직이지 않는 과정을 겪어보면 누운 자세가 가장 불편하다는 걸 알게 된다. 자유롭지 않기 때문이다.

오히려 두 다리를 X자로 꼬는 가부좌를 틀고 30분을 움직이지 않는 게 훨씬 쉽다는 걸 알게 된다. 다리가 저리고 아픈 걸 참을 때가 오히려 자세를 유지하기 쉬운 것이다.

마음도 마찬가지다. 마음이 편할 때는 생존 본능이 약하지만 마음이 불편할 때는 생존 본능이 강해져서 더욱 활력을 얻게 된다. 사람은 고통을 이겨내려는 '심리적 면역 체계'가 있어서 어려움에 처했을 때 숨어있던 '인간적 의지'를 발휘하게 된다. 사람만이 일부러 힘든 고행을 자청해서 자기의 정체성과 '마음의 면역력'을 길러낸다.

꼬마의 기도

꼬마들이 짧게 쓴 기도 글을 읽다가 웃기도 하고 숙연해지기도 했다. 그중에 걸작은 이랬다.

"하느님, 사람을 죽게 하고 또 사람을 만드는 대신 지금 있는 사람을 그대로 놔두는 건 어떻겠어요?"

꼬마의 기도가 사실이 되면 세상은 어떻게 될까를 생각해보니 참으로 괴이쩍은 세상이 될 것 같았다.

꼬마가 조금 더 자라면 "하느님, 사람은 죽고 태어나고 하는데 하느님은 너무 오래 사시는 거 아녜요?"라고 쓸지도 모른다.

철이 들면 "하느님, 인간 세상에 죽음이 있어서 정말 살맛이 납니다"라고 쓸 것 같다. 더 나이가 들면 이렇게 쓸 것 같다.

"하느님, 죽음 때문에 인간이 존엄한 존재인 걸 알았습니다. 그래서 사람을 사랑해야 하는 것도요. 고맙습니다."

죽음이 있기에 인간이 존귀한 것이다. 죽음이 없다면 세상이 이렇게 눈부시게 발전하고 학문이 깊어지고 의술이 발달할 수 없었을 것이다.

천하 없이 비싼 보석도 귀할 뿐 존경받을 수 없다.

자식 키우는 맛

며느릿감과 아들에게 이렇게 일러주었다.

"결혼식은 서로 부담되지 않도록 가볍게 하자. 결혼하고 3년 동안은 아이를 갖지 말고 둘이 재미있게 놀아라. 명절 때도 나를 찾아오지 말고 적금이라도 들었다가 놀러 다녀라. 연애할 때의 추억도 소중하지만 신혼 3년 동안의 추억은 더욱 소중하다. 며느리가 시아버지에게 으레 아버님이라 칭하는데 나한테는 그냥 아버지라 불러라, 나도 딸이라 생각하고 그냥 이름을 부르겠다. 끝으로 부탁은 문경에 있는 '깨달음의 장'에 가서 마음공부를 4박 5일 동안 하고 와서 결혼해라."

연애는 열정이지만 결혼은 정성이기에 며느리와 아들은 약속을 지켰고 4년 3개월 만에 손자를 낳았다. 그것도 자연분만 병실에서 아들이 아이를 받았고 탯줄도 잘랐다. 낳을 때까지 아이의 성별을 모르게 해달라는 부탁을 의사가 끝까지 지켜주었으니 어찌 고맙지 않으랴. 며느리와 아들이 추억을 정성껏 만드는 걸 지켜보면서 내가 행복한 것은 나를 닮지 않아서였다.

자식이 이야깃거리를 만들며 살아가도록 바라는 부모가 되어야 진짜 자식 키우는 맛을 알게 된다.

진짜 배려

인터뷰하는 기자나 글 쓰는 작가뿐 아니라 비교적 손님치레가 많은 우리 집은 접대용 차를 늘 마련해둬야 한다. 반갑게 악수하고 어떤 차를 원하느냐고 하면 거개가 '아무거나'라고 하기 일쑤다. 농담으로 '아무거나 차는 없다'라고 하면 그때서야 커피, 녹차 등 구체적으로 원하는 걸 말한다. 이렇게 말하는 나도 별수 없이 어떤 차, 어떤 음식 대신 '아무거나'라고 말할 때가 많다.

생각이나 태도가 명료하지 않은 게 아니라 혹시라도 원하는 게 없으면 어쩌나 하는 생각과, 대접하기 편한 걸로 달라는 배려심 때문이다. 음식점에 가서는 상대의 주머니 사정에 따라 적절한 걸 시켜달라는 뜻이 더 강하게 작용한 것이다.

체면을 매우 중요하게 생각하는 한국인들의 배려가 더 알차지려면 "커피 연하게 마시고 싶은데, 자랑하실 만한 게 있으면 그 또한 무엇이든 기쁘게 마시겠다"라고 하는 게 진짜 배려임을 잊지 말자.

부모를 닮아간다

1980년대 중반 무렵, 나라 경제가 조금 좋아진 덕분에 소갈비 식당이 번성했다. 대형 식당도 생기는 등 소갈비를 먹으러 다니는 게 유행이던 시절이었다.

시골 사시는 아버지께서 아들 사는 서울에 다니러 오셨기에 유명한 대형 식당으로 모시고 갔다. 좀 모자란 듯해서 더 시키려고 하는데 아버지께서 가격표를 훑어보고 "쌀 한 가마니 값이네. 그만 시키자"라고 하셨다.

괜찮다고, 주머니가 넉넉하다고, 이왕 먹는 거니까 좀 더 시키자고 해도 아버지는 배부르다며 막무가내로 일어나셨다. 자식의 주머니를 걱정하는 아버지 마음을 뻔히 알면서도 속으로 '나는 저렇게는 살지 않을 거야'라고 다짐했다. 그러나 세월이 흘러 내 모습을 살펴보니 영락없이 아버지를 닮아가고 있다.

자식들이 음식을 더 시키자 하면 배부르다 하고, 좋은 음식이나 과일이 생기면 애들이 올 때까지 기다리고…….

남녀평등과 남북통일

생년월일이 같아 주민등록 앞 번호가 같은 처녀 총각의 주례를 섰다. 그러면서 여러 가지 생각을 했다.

주민등록 제도를 만들 때 당연히 남자는 1번으로 시작하고 여자는 2번으로 순번을 정했을 것이고, 으레 그러려니 했을 것이다. 휴게소나 웬만한 건물의 화장실을 보면 여성을 남성 다음으로 생각하던 시절을 어찌 떠올리지 않을 수 있을까마는 대한민국이 선진국으로 당당히 올라서려면 주민번호 체계부터 바꾸는 게 어떨까 싶다.

여자(♀)와 남자(♂)의 기호를 쓸 수 없으니 여자는 0번, 남자는 8번으로 하든지 한글을 차용해 여자를 ㅇ(이응), 남자를 ㄴ(니은)으로 하는 것도 괜찮은 것 같다. 아이디어를 공모해보면 더 기발한 방법도 나올 것이다.

대한민국이 업그레이드되려면 진짜 남녀평등과 평화적 남북통일이 꼭 필요하다. 거창한 구호보다 우리의 의식을 바꾸는 게 우선이다.

언젠가 해야 한다면 지금 시작하는 게 좋다.

주례 약속

주례 약속을 하고 날을 잡으면 나는 그날부터 매사 조심을 한다. 몸 조심, 마음 조심을 하는 게 신랑 신부에 대한 최소한의 도리라고 생각하기 때문이다.

그래서 신랑 신부에게 "오늘부터 그대는 나의 스승이다"라고 말한다. 나를 주례로 삼았기에 내가 음식을 먹는 것부터 회식 자리에서 술 한잔 하는 것이며 이동할 때의 교통편도 조심하고, 사람 만나는 자리에서는 말실수를 하지 않으려고 조심하곤 한다. 행여라도 내게 구설수가 생기거나 몸이 불편해서 주례 서기가 곤란해지면 큰 실례가 되기 때문이다.

혹여라도 내 마음에 어지러운 일이 생기거나 병들면 신랑 신부에게 해가 되는 일이 생길지 모른다는 생각 때문에 몸 관리와 마음 관리를 하기 시작한다. 결국 신랑 신부 덕분에 내가 좋아졌으니, 그들이 나의 스승이 아니고 무엇이겠는가.

그림자가 보여주는 것

햇살 좋을 때 그림자가 없으면 그건 사람이 아니고 귀신이라고 했듯, 세상살이에도 늘 그늘이 있기 마련이다. 돈이 많거나 권력이 세거나 명예가 월등할수록 그늘은 더욱 짙은 법이다.

살면서 누구나 싫은 소리나 비판의 말을 듣고 싶지 않을 것이다. 어찌 늘 좋은 소리나 칭송의 말을 들을 수 있겠는가. 문제는 싫은 소리나 비판은 내 결점이라는 걸 인정하는 사람이 지혜로워진다는 사실이다. 밝은 곳으로 나서면 누구라도 그림자가 보이고 어두운 곳으로 들어가면 누구라도 그림자가 보이지 않는다.

그림자를 보면서 내 모습을, 내 실체를, 내 존재의 귀중함을 깨닫는다면 빛나는 사람이 되는 것이다.

마음의 변덕, 사랑의 욕구

누군가를 사랑하게 되면 대체로 변덕스러워지기 마련이다. 어떤 때는 터무니없이 옹졸해지고 어떤 때는 한없이 관대해지기도 한다.

나만 그런 게 아니고 상대도 변덕스러워진다. 좋아하는 것은 누구나 갖고 싶어 하기 때문에 욕구가 더 강해진다.

그런데 내 변덕은 사랑하거나 좋아해서 생기는 자연스러운 현상이고 상대의 변덕은 의심이나 욕심에서 생기는 부자연스러운 현상이라고 생각하기 십상이다.

내가 좋아하는 사람을 더 많이 내게 붙잡아두고 싶은 욕구는 잘못된 게 아니다. 다만 상대가 나와 다른 성격과 환경과 생각을 가졌다는 걸 인정하지 않고 내 성격과 환경과 생각에 맞추기를 강요하는 어리석음은 피해야 한다.

사랑하고 좋아한 만큼 보상받으려고 하면 그건 사랑이 아니라 사랑 판매 행위이다.

살맛 나눔

법륜 스님과 함께 미국과 캐나다의 대도시 8개 지역을 오가며 11일 동안에 아홉 번이나 희망 콘서트 강연을 한 적이 있다.

매일 두세 시간만 자면서 새벽 비행기를 타고 이동하는 초강행군을 했다. 이동하는 중에는 쪽잠도 자지 못했다. 그러고 나서 15시간 동안 비행기를 타고 귀국했는데, 이상하게 몸이 멀쩡했다. 아무리 생각해도 내 체력으로 감당했다는 사실을 이해할 수 없었다.

정신력으로 버텼다고밖에 설명할 수 없었다. 곰곰 생각해 보니 내가 강한 정신력을 가진 게 아니라 내가 한 일이 돈을 한 푼도 받지 않은 '재능 기부'였기 때문에 견뎌냈다는 걸 알았다. 강연료를 받으며 다녔으면 일하러 간 것인데, 내 돈과 내 품을 팔며 다녔기에 '보람'이 내 정신력을 이끌어갔던 것이다.

내 '재능 기부'는 기부가 아니라 교민들이 내게 보람의 기쁨을 나누어준 '살맛 나눔'이었던 것이다.

내 마음의 그물

그 사람을 알고 싶으면 그가 먹고 입고 사는 걸 살펴보아야 한다. 가족과 친구와 어찌 어울리고, 인연을 어떻게 맺으며, 취미 생활이 어떤지를 알아보면 된다. 그의 책꽂이와 그의 말투와 행실을 보고, 마음 씀씀이를 여실히 보여주는 관상을 보라. 편하고 자연스런 웃음인지 의도되고 계산된 웃음인지를 알아보는 눈을 가져야 한다. 내게 다가올 때 나만을 보는 것인지 내가 가진 조건들에 관심이 있는 것인지를 판단하지 않으면 인연이 악연으로 변한다는 걸 늘 잊지 말라.

그러나 절대로 내 마음에 그물을 짜두지 말라. 내 마음의 그물은 결국 나를 옭아매는 밧줄이 된다.

음지의 행복

34년 전의 우리 집은 양지바른 남향 이층집으로 고즈넉했다. 세월이 흐르자 길 건너 남쪽의 2층이 4층 건물이 되고 옆집도 4층 다세대 건물로 변했다. 우리 집은 응달집이 되었고 양지식물인 소나무와 감나무와 향나무가 잘 자라지 않고 꽃나무도 흐드러지는 자태를 덜 뽐내게 되었다.

그러나 나무가 웃자라지 않아 관리하기가 편해졌고, 꽃이 늦게 피어나지만 오래도록 피어있고, 여름 햇볕을 옆집이 막아주어 덜 더우며, 음지에서 잘 자라는 취나물과 울릉도 초롱 같은 나물이 바글거려 봄맛을 다시는 게 한껏 좋다.

무엇보다 햇살이 얼마나 고마운 존재인가를 새삼스레 깨달으며 살게 되었으니 응달집 사는 맛 또한 맛있다. 그 맛에 사는 게 천국임을 알았으니 족하다.

유서 써보기

1년에 한 번쯤 '유서 써보기'를 하는 것도 인생을 잘 사는 하나의 방법이 된다. 흔히 유서를 써보라면 기분 나쁘다고, 재수가 없을 것 같다고 한다. 그러나 종이를 펼치고 '유서'라는 낱말을 쓰는 순간 내 과거와 현재와 미래를 찬찬히 살펴보게 된다. 할 말이 엄청나게 많을 것 같은데 막상 쓰기 시작하면 의외로 쓸 말이 없다는 것도 알게 된다.

무엇보다 지난 시절의 내 모습이 보이기 시작한다. 더구나 내가 죽은 뒤에 가족과 친인척과 친구와, 인연 맺었던 모든 사람들의 얼굴이 떠오른다. 과거를 떠올리면 잘못 살았다는 걸, 미래를 생각하면 이대로 살면 안 된다는 걸 깨닫게 된다.

잘 사는 가장 확실한 방법은, 사람에게 투자하고 인연을 소중하게 갈무리하는 것임을 알게 된다.

더럽히지 말자

우리가 지금 먹고 마시는 음식이나 음료수는 우리 조상들이 먹고 몸에 이상이 없어서 먹을 수 있게 된 것이고, 우리가 먹지 못하는 음식은 조상들이 먹고 죽거나 고통스러워서 독초나 독극물이 된 것이다. 의약품도 마찬가지였다.

나를 지탱하기 위해 음식물을 만들고 먹는 것은 참으로 아름다운 것이다. 그런데 많이 남기고 많이 버리는 것은 후손에게 보탬이 되지 않고 부담을 주는 행위가 된다. 우리나라에서 일 년간 버리는 음식물 쓰레기는 무려 5백만 톤이나 되는데, 5백만 톤의 음식이면 북한 동포가 1년간 먹을 수 있는 양이다.

지구에서 해마다 굶어 죽는 사람이 약 2천만 명이나 된다. 우리 조상들은 애써서 우리에게 먹을 수 있는 걸 알려주었다. 그렇다면 우리는 적어도 버리는 양만은 줄여야 한다. 넘치는 쓰레기로 후손들이 살 땅을 더럽히지는 말아야 한다.

인간의 속마음

인간은 지배할 수 있는 것 같아 보이지만 속마음은 지배하거나 굴복시킬 수 없다. 언성 높여 닦달하고 윽박질러 상대가 수그러들면 이겼다고 생각하거나 제압했다고 믿기 십상이다.

그러나 그것은 상대가 마음의 문을 닫았을 뿐이지 내 주장을 결코 인정한 게 아니다. 상대가 마음의 문을 열어야 내 주장이 파고들 여유가 생기는 것이다. 자신감에서 나오는 마음의 여유를 가지고, 내 주장이 옳은 만큼 상대의 주장에도 그 나름의 옳은 부분이 있다는 걸 인정해야 비로소 소통하게 된다.

힘으로 사람의 마음을 얻을 수 없고 돈으로 굴복시킬 수 없으며 명예로 존경을 받을 수 없다. 오직 사랑과 용서와 베풂과 배려만이 사람의 속마음을 열게 한다.

나에게 편지 쓰기

기쁜 날이나 슬픈 날, 또는 외롭거나 가슴이 답답한 날에 종이를 펼쳐놓고 손 글씨로 자신에게 편지를 써보면 몇 가지 신기한 걸 알게 된다.

먼저 자기 이름을 자기가 부르게 된다. 내 이름이 얼마나 소중한지를 느끼면 이름값을 하며 살아야 한다는 걸 알아차린다. 내 존재에게 너무 무관심했거나 닦달했음을 알게 되고 그동안 내가 나를 얼마나 괴롭혔는지를 알게 된다. 그러면 나를 지극히 사랑해야 한다는 걸 느끼고 내게 미안하다는 말을 해야 한다.

그리고 지금까지 살아있는 것만으로도 내가 행운아인 걸 알아차리게 된다.

세상에서 내가 가장 좋아해야 하는 사람은 나 자신이라는 걸 알기만 하면 된다.

입맞춤, 사랑한다는 말

좋아하는 사람과 입맞춤을 하면 뇌에서 모르핀보다 무려 1백 배나 강한 천연 진통제인 '엔도르핀'이 분비되는 반면 스트레스 호르몬인 '코르티솔'의 분비는 억제된다는 연구 결과가 있다.

그래서 입맞춤을 즐기는 사람은 안 그런 사람보다 5년 정도 수명이 연장된다고 한다. 사람의 침 속에는 면역 항체인 'lg A'가 들어있는데, 근심, 걱정, 긴장이 지속되면 침이 마르고 항체가 줄어든다. 반면 누군가를 사랑하거나 용서하거나 남을 도와주면 그 심리적 포만감 때문에 며칠 동안 엔도르핀이 잘 분비된다고 한다.

사랑한다는 말을 자꾸 하면 노화의 속도가 늦추어진다고 한다. 사랑하면 심장병, 고혈압, 당뇨병에도 덜 노출되고 감기나 배탈 같은 가벼운 질병에 대한 저항력이 높아진다고도 한다.

입맞춤과 사랑한다는 말, 공짜다. 자주 하라.

예측할 수 없다

옛날에는 교통이 좋지 않았고 먼 곳에 사는 사람과 교류하기 어려웠으며 남녀 간에 만날 기회가 별로 없었기 때문에 어른끼리 혼사를 정하거나 맞선을 보기도 했다.

그래서 궁합이나 사주를 보는 게 어쩌면 타당했는지도 모른다. 혼담이 오갈 때 거절하는 수단이 되기도 했을 것이고 혼사를 이루어지게 하는 도구이기도 했을 것이다. 요즘도 사주팔자나 궁합에 기대는 사람이 의외로 꽤 많다고 한다.

정말 사주나 궁합이 딱 맞는다면 얼마나 좋겠는가. 정해진 운명대로 살 수 있거나 나와 걸맞는 사람과 살 수 있는 방법이 있다는 이야기가 아닌가. 그러나 사람과 사람의 문제는 너무 오묘해서 사주나 궁합 정도로는 감히 예측하거나 결론을 낼 수가 없다.

내 운명을 스스로 만들어가면 주인처럼 사는 것이고 사주와 궁합에 얽매여 살면 머슴처럼 사는 것이다.

인연이란

누군가와 인연을 맺는다는 건 하늘에서 좁쌀 한 개가 바람에 흩날려 떨어지다가 하필 땅에 거꾸로 박혀있던 바늘 끝에 좁쌀의 씨눈이 탁 꽂히는 것만큼이나 어렵고, 그렇기에 소중하다. 사람이 행복하고 불행한 것도, 기쁘고 슬픈 것도 어쩌다 우연히 생기는 감정이 아니라 인연으로부터 일어난다.

덕을 보려고 인연을 맺으면 언젠가는 손해를 보기 마련이다. 내 가슴을 열어 상대가 들어오고 싶게 만드는 것이 가장 근사한 인연 만들기이다.

가치 있는 보험

세상을 살면서 어찌 보험을 한 개도 들지 않고 살아갈 수 있으랴. 건강보험이나 국민연금뿐 아니라 자동차 보험, 교육 보험을 들어야 안심이 되는 세상이다.

보험은 혜택을 많이 보려면 그만큼 많이 투자해야 한다. 많이 불입할수록 많은 수익을 예약하는 것이다.

이 세상에서 가장 안심되고 가장 효과가 있으며 최고의 가치를 지닌 보험은 무엇일까.

사랑 보험이다. 사랑 보험 중에서도 가족 보험이 으뜸이다. 우정 보험, 용서 보험, 배려 보험, 일 보험, 인연 보험, 어울림 보험, 운동 보험, 노후 보험, 즐김 보험, 행복 보험에도 고루고루 투자를 해두어야 한다.

죽을 때 남들이 내 죽음을 매우 아쉬워하는 인간의 향기 보험을 결코 빠뜨려서는 안 된다.

어여쁜 배짱

70대 후반의 한 할머니가 위암 절제수술과 척추대수술을 받고 투병하느라 체중이 많이 줄고 그 바람에 주름살이 잔뜩 생겼다. 불과 1년 반 만에 몰라볼 정도로 변했다. 그런데도 눈빛이 형형하고 운전 솜씨도 좋고 활기찼다. 주치의는 이렇게 빨리 완치되는 경우가 드물다고 놀라워했다.

본래 암은 완치라 하지 않고 '관해(寬解)'라고 한다. 암세포 활동이 진전되지 않는다는 의미다. 비법이 있느냐고 물었더니, '암'이란 글자가 떠오르고 걱정이 차오르면 암세포에게 "애들아 내가 죽으면 너희들도 죽잖아. 우리 같이 살자." 하고 말했다고 한다.

암세포인들 저 어여쁜 배짱 앞에 어찌하겠는가.

좋은 쪽으로 생각해버리기

사람마다 각양각색의 '징크스'가 있다. 피겨스케이팅 세계선수권 대회에서 금메달을 딴 김연아 선수도 징크스가 있다고 한다. 스케이트를 신을 때 오른쪽부터 신어야 경기가 잘 풀린다는 생각이 있어 왼쪽부터 신으면 얼른 다시 오른쪽부터 바꾸어 신는다고 한다. 또 피를 보면 운이 좋다는 속설처럼 좋은 징크스를 갖다 붙인다고 한다.

나는 우리 집 마당에서 봄맞이 나온 흰나비를 보면 괜히 오늘 분명 좋은 일이 있을 거라고 생각한다.

좋은 꿈을 꾸면 좋은 일이 생길 거라 생각하고 나쁜 꿈이면 꿈은 반대라고 생각하기도 한다.

무슨 일이든 좋은 쪽으로 생각해버리면 그게 곧 행운이 된다.

넘치게 찬란한 것은 오래가지 않는다

행복하고 싶다면 자기 내면의 불만에 빨려 들어가지 않아야 한다. 출렁거리거나 넘치거나 환호할 만한 것은 오래가지 않는다. 행복은 그냥 그저 그렇게 생긴 것이지 찬란하거나 황홀한 게 아니다.

생일에 생각지도 못했던 사람에게서 꽃을 받았을 때의 행복감을 생각해보면 행복은 참 소소한 데 있다는 걸 알 수 있다. 배우 김수미 여사의 딸 결혼 때 주례를 섰는데, '살림의 달인' 이효재 선생이 내게도 이바지 한 벌을 보내주었다. 새끼손가락보다도 작은 송편에 떡으로 만든 꽃송이가 앙증맞게 붙어있고 맛깔스런 고명이 소복하게 들어있어서 차마 덥석 먹을 수 없을 정도로 예뻤다. 달걀노른자로 만든 지단을 채 썰어 바닥에 잔뜩 깔고 그 위에 녹두 빈대떡을 켜켜이 쌓고 대추로 꽃무늬를 놓았으니 혼자 보기 아까웠다.

고맙다는 뜻을 전하니 '따님 시집갈 때도 이모 노릇 할게요'라는 문자를 받았다. 그 한마디가 이리도 오래 행복하게 한다.

시골에서도 편리하게

도시에 사는 사람들은 누구나 한번쯤 시골에서의 삶을 꿈꿀 것이다. 복작거리는 도시의 삶이 빡빡해서 여유롭기 어려운 탓이기도 하고, 맑은 공기와 푼더분한 인심과 정겨운 시골 풍경을 연상하기 때문이기도 하다.

그래서 여건만 되면 귀농을 하거나 귀촌을 할 생각을 하고 실제로 실천하는 사례도 많아졌다. 난들 안 그러랴만, 막상 귀촌을 생각하면 의료, 교육, 문화, 교통, 주택 인프라를 걱정하게 된다. 인연의 단절과 어울림의 단절을 걱정하기도 한다.

더러는 시골 사람들의 텃세나 시골 생활의 부적응을 걱정하게 된다. 고향이 시골인 사람은 그래도 걱정이 덜하겠지만 도시가 고향인 사람은 엄두가 나지 않을 것이다.

그래서 도농 간, 지역 간 균형 발전이 시급한 것이다. 사람이 어디에 살건 고루 편리한 삶을 살 수 있어야 국민이 두루 건강하고 행복해질 수 있는 것이다.

수도꼭지만 잠가도

어렸을 적에 담임선생님께서 "영국 해군은 물 한 컵으로 세수하고 양치질까지 한다"라며 절약 정신을 강조했다. 어린 마음에도 선생님이 '뻥을 친다'고 생각했다. 훗날 어느 글을 읽고 선생님 말씀이 사실이라는 걸 알았다. 오랫동안 군함 생활을 하려면 물처럼 귀한 게 달리 있었으랴.

지구의 70퍼센트가 물이지만 그중에 겨우 1퍼센트만 사람이 사용할 수 있다고 한다. 국제인구행동연구소(PAI)에 따르면 강우 유출량을 인구수로 나누어 1인당 물 사용 가능량이 1천 세제곱미터 미만이면 물 기근 국가요, 1천7백 세제곱미터 미만이면 물 부족 국가라고 한다. 한국은 1993년에 물 부족 국가로 지명되었다.

수도꼭지를 틀어놓고 세수하지 않는 것만으로도 내가 세상에 보탬이 되는 사람이라는 걸 기억했으면 한다. 썩은 물, 오염된 물을 마시고 죽어가는 무수한 사람을 생각해서라도, 우리 후손들이 훗날 목마르지 않기 위해서라도.

5월 29일

정성이 스미면

젊은 시절 MBC TV의 〈맛기행〉이란 프로그램을 맡아 진행한 적이 있다. 전국의 내로라하는 음식 솜씨를 가진 사람을 찾아다니며 직접 음식 재료와 요리 과정을 취재하고 스태프들과 시식을 했다.

그때 느낀 것은 재료보다 정성이 맛을 살린다는 것이다. 민물고기로 국물을 내어 칼국수를 끓일 때도 반나절 내내 장작불을 조절하여 고아낸 뒤에 여럿이 돌아가며 치댄 밀가루 반죽을 굵직굵직하게 잘라 응달에 반나절을 말렸다. 한 그릇의 국수에도 그런 정성이 깃든다.

조선시대 서울 양반들이 즐기던 효종갱(曉鐘羹)은 새벽을 깨우는 국이라는 뜻인데, 남한산성에서 밤새 고아낸 해장국을 도성에 있는 양반 집에 배달했다고 한다.

정성이 스민 걸 알면 마음이 움직여서 더 맛있게 느껴진다는 게 거짓 같지 않다. 음식도 그런데 하물며 사람끼리의 정성은 오죽하겠는가.

고요히 바라보자

옛날에 부상가라는 신이 여신 야상가에게 청혼했더니 야상가가 수수께끼 하나를 냈다.

"세상에서 가장 밝으면서도 가장 어두운 것이 무엇이냐?"

답을 몰라 1만 년이 지나고, 또 1만 년이 지날 무렵에 천신의 도움으로 답을 알아냈으니, 곧 '마음'이었다. 그래서 결혼을 했다는 신화학자의 글을 읽으며 옛사람들의 지혜가 절묘하다는 생각을 했다.

예부터 지금까지 마음을 잘 다스린 사람을 현자나 군자라 했고 마음을 함부로 쓴 사람을 어리석은 사람이라거나 소인배라고 했다. 마음은 억지로 다스리려고 하면 저항하기 마련이다. 마음의 형체를 만들지 말고 고요히 바라보라. 그러면 얽히고설킨 마음의 형체가 사라진다는 걸 알게 된다. 바라볼 수 있는 담대함이 필요하다.

걱정과 지혜

미국의 코넬대학은 주변에서 현명하다는 평판을 듣는 70세 이상의 노인들을 대상으로 '후대에 남기고 싶은 지혜'를 조사했다. 가장 많은 대답이 무엇이었을까. '걱정은 그만하라'였다고 한다.

우리들의 걱정거리는 지나고 보면 거개가 별게 아니라는 보고도 있다. 게다가 적당한 걱정은 사람에게 활력을 주기도 한다.

체중이 늘어난 걸 걱정하면 식단 조절을 하거나 운동을 하게 되고, 몸 아픈 걸 걱정하면 술 담배를 끊거나 줄이고, 미래가 걱정되면 보험을 들거나 저축을 하게 된다.

삶의 지혜는 멀리서 찾는 게 아니라 지금 내 걱정에서 찾는 것이다.

정성이 깃든 향기 6월

딛고 일어나면 기회

어렸을 때 강물이나 저수지 같은 곳에서 헤엄쳐 본 적이 있는 사람은 갑자기 바닥이 깊어져 허우적거리다가 물을 마셔본 기억이 있을 것이다. 그럴 때는 발이 바닥에 닿을 때까지 몸을 움직이지 않고 있다가 바닥에 닿는 순간 힘차게 바닥을 차고 솟구쳐야 위기를 넘길 수 있다.

인생도 그렇다. 인생의 바닥은 눕거나 주저앉는 자리가 아니라 박차고 일어나는 곳임을 잊어서는 안 된다. 바닥은 위기지만 박찰 수 있는 기회이기도 하다. 살다 보면 여러 차례 바닥으로 추락하는 좌절을 맛보게 된다. 딛고 일어나면 반전의 기회가 되지만 누워버리면 고통뿐이다.

인생의 작은 걸림돌

한반도 면적의 8배나 되는 사하라사막은 가도 가도 끝이 보이지 않아 '모래바다'라고 불린다. 무시무시한 햇볕과 모든 걸 삼키는 모래폭풍을 뚫고 사하라사막을 최초로 걸어서 횡단한 탐험가에게 걸으면서 가장 고통스러웠던 게 뭐였냐고 물었다. 그의 대답은 이랬다.

"신발 속에 들어있는 모래 한 톨이었습니다."

사막에서는 신발과 바지 틈으로 모래가 잔뜩 들어가기에 신발과 바지를 감싸고 걸어야 한다. 그 한 톨의 모래알 때문에 목마름, 불구덩이 같은 열기, 지독한 외로움을 딛고 사막을 빨리 횡단할 수 있다. 빨리 목적지에 도착해서 그 모래 한 톨을 빼버리기 위해.

인생도 그러하다. 몸에도 모래가 몇 톨 있고 마음에도 모래가 몇 톨 있기 마련이다. 모래를 버리려고 애쓸수록 모래가 자꾸 기어든다. 그걸 이용할 줄 아는 것이 지혜다.

누가 손해인가

화내지 않고 살 수 있다면 얼마나 좋을까마는 사람이라면 화를 내는 게 당연한 것이다. 어쩌면 '화'는 사람살이의 주성분 중에 하나인지 모른다. 화내지 말고 무조건 참으라는 말도 있지만 그게 말처럼 쉽다면 사는 게 뭐가 어렵겠는가.

화를 내서 응어리를 터뜨리거나 소리를 질러서 스트레스를 푸는 건 나쁜 게 아니다. 오히려 화를 가슴속에 모아두는 게 문제다. 그렇게 되면 '화'가 나의 주인 노릇을 하게 되고 내가 '화의 노예'가 된다.

화를 내는 게 독이 될 때도 있고, 화를 참는 것도 독이 되는 경우가 있다. 그래서 화를 삭이는 연습을 해야 한다.

'내가 화를 내면 누가 가장 크게 손해 볼까?'

이 생각만 할 수 있다면 화를 잘 삭일 수 있을 것이다.

베풀고 용서하면

내 인생은 남이 대신 살아주는 게 아니라 오직 내가 살아내야 하는 것이다. 사람이든 사물이든 세상에 존재하는 것들을 사랑하면 마음이 가벼워 걸림 없이 날아오를 수 있지만, 미움이 쌓이면 마음에 쇠뭉치를 매단 것 같고 만사가 귀찮아 주저앉게 된다.

베풀면 드넓은 광야를 걸어가도 무수한 사람이 동행하지만 야박하면 천 길 벼랑을 홀로 기어오르는 수고를 할 수밖에 없다.

용서하면 흐르는 물처럼 유유자적하며 세상을 구경할 수 있지만 마음이 닫히면 고인 물이 되어 악취를 풍기게 된다.

차이가 있을 뿐

세계 최대의 수력발전 시설인 산샤 댐의 설계 책임자에게 설계에 가장 크게 공헌한 사람이 누구냐고 물었다.

"댐 건설에 반대한 사람들입니다."

뜻밖의 답변에 왜 그러냐고 다시 물었다.

"만약 그들이 반대하지 않았다면 산샤 댐의 설계가 이렇게 완벽할 수 없었을 것입니다."

무슨 일이든지 찬성과 반대가 있고 좋아하는 사람과 싫어하는 사람이 있기 마련이다. 보수가 있으니 진보가 있고 여당이 있으니 야당이 있다.

모든 일을 옳고 그름의 잣대로만 재단하면 세상이 살벌하거나 각박해진다. 나와 다른 것도 존재 가치가 있다는 걸 인정하면 세상이 따스해진다.

세상사, 옳고 그름이 정해져있는 게 아니다. 관점이 다를 뿐이다.

인생 까먹는 세월

국방 관련 방송에서 명사를 초청하여 젊은 군인들에게 좋은 말씀을 해달라고 요청할 때면 군대 시절 이야기를 양념으로 부탁한다고 한다. 그런데 명사 중에 의외로 군대에 갔다 온 사람이 많지 않다고 한다.

고위공직자 인사 청문회를 할 때마다 단골로 등장하는 것 중에 하나가 군 복무 문제다. 거개가 건강상의 이유로 군 복무를 하지 못했다고 하는데, 지금은 그들 대부분이 격무를 감당할 정도로 왕성한 모습을 보여주고 있어서 이해하기 쉽지 않다.

물론 군 복무를 하고 싶어도 할 수 없는 사정이 있는 사람이 왜 없을까마는, 아무래도 그들이 군 복무 기간을 '인생 까먹는 세월'이라고 생각했던 게 아닐까 하는 의문을 던지지 않을 수 없다.

젊은 시절에는 그게 잘난 것인 줄 알았다가 고위공직자 물망에 올랐을 때 가슴을 친 사람이 한둘이 아니었다고 한다. 사람답게 사는 게 쉽지 않음을 깨닫는다.

나를 지키는 밧줄

실 한 가닥은 어린애도 끊을 수가 있다. 그러나 실 열 가닥을 꼬아놓으면 어른도 끊기 어렵다. 백 가닥쯤 꼬아놓으면 그걸로 자동차도 끌 수 있다. 실 한 가닥의 강도는 약하지만 여러 가닥을 꼬아놓으면 매우 강해진다. 강해지려면 흩어놓지 말고 꼬아야 한다.

사람의 삶도 마찬가지다. 성공하고 행복하고 세상의 기쁨이 된 사람들의 삶은 대개가 사랑, 실패, 좌절, 열정, 배려, 용서, 고통, 미움, 희망, 갈등, 절박, 낙오, 우정, 추락, 집념, 창의, 절망 등등이 서로 꼬이고 얽혀서 이루어졌다는 걸 알 수 있다.

그것들이 꼬여서 밧줄이 되고, 사람은 그 밧줄로 절벽을 타거나 물살이 센 강을 건너기도 하며, 태풍이 불 때는 내 몸을 거목에 묶어 날아가지 않게 할 수 있는 것이다.

시련이 닥치면 그것을 희망과 꼬아버리는 배짱을 기르자.

대신해줄 수 없는 것

과학기술의 발전과 문명의 이기 덕에 우리는 일상에서 많은 편리를 누린다. 그러나 결코 대신해줄 수 없는 게 있다. 내 인생, 내 생각, 내 마음, 내 꿈은 첨단기기라도 해결해줄 수가 없다. 그런 것들은 오직 내가 해결해야만 한다. 행복을 만드는 기술자는 오직 나뿐이라는 걸 알아야 한다.

수영할 때 허우적거리면 물속으로 빠져버리지만 물의 부력을 적절히 이용하는 유연한 몸짓을 하면 쉽게 수영을 하게 된다. 돈, 명예, 권력, 가족, 친구, 일, 갖가지 인연은 '인생'이라는 강물의 부력 같은 것이다.

쓰레기를 만드는 존재

쓰레기 가운데 불에 타는 폐기물을 골라 압축해서 고체 연료를 만들면 제법 높은 열량을 얻을 수 있다고 한다. 또 음식물 쓰레기와 하수 찌꺼기를 이용해서 바이오 가스를 생산하기도 한다. 그래서 세계 에너지 공급량의 10퍼센트 정도는 쓰레기에서 나온다고 한다.

그런데 우리가 잊지 말아야 할 것은 쓰레기가 되기 전에 사용한 에너지 총량이 엄청나다는 사실이다.

지구상에 사람처럼 끊임없이 쓰레기를 만드는 존재는 없다. 여름이 길고 무더워진 것도, 겨울이 길고 추워진 것도 이상기후 탓이라 생각하지 말고 날마다 쓰레기를 양산한 내 탓이라는 생각을 해야 한다.

내가 지구를 병들게 하고 있다는 반성을 한다면 세상이 지금보다 훨씬 살기 좋아지지 않을까.

바란다고 오지 않는다

재산이 많은 부자들과 기업을 크게 일군 재벌급 인사들은 어렸을 때 보물찾기를 해도 잘 못 찾았고, 복권을 사도 당첨되는 경우가 아주 드물며, 모임에서 행운권 추첨을 해도 거의 당첨되지 않는다고 한다.

그러니까 그들은 행운을 바라지 않고 원하는 걸 만들어 가는 것이다. 그래서 손발이 부지런하고, 두뇌를 최대한 이용하여 세상의 흐름을 집요하게 파고든다. 실패했을 때는 세상 탓을 하기보다 자기 탓을 했고 성공했을 때는 자기 자랑보다는 남의 덕을 보았다고 말하는 용기가 있다.

행운은 바란다고 오는 게 아니다. 행운은 자기 힘으로 만드는 것이다.

보편보다 개성

세계적인 명품 브랜드인 프라다의 최초 아시아 모델로 뉴욕의 패션가에서 인기를 얻은 김성희 씨는 쌍꺼풀도 없고 낮은 코에 광대뼈가 툭 튀어나왔다. 그녀는 한국에선 예쁘다는 소리를 들은 적이 없지만 미국에선 인기 모델이 되었다. 영어도 잘하지 못하지만 스태프들과 부담 없이 잘 어울린다고 했다. 발레를 한 덕에 표현력이 좋다는 평가를 받는다고 했다.

여기서 우리가 눈여겨봐야 할 것은 '보편적인 가치보다 독특한 가치가 훨씬 낫다'라는 사실이다.

사람은 서로 다르기에 존재 가치가 있다. 한국 여성이 서양 여성처럼 생겼다면 굳이 그녀를 모델로 기용하지는 않았을 것이다.

우리 각자는 남과 다르게 생겼고 다른 재능이 있으며 다른 생각과 다른 행동을 한다. 그러므로 자신의 존재 가치는 절대적으로 높다.

대화할 때 조심할 것들

영국 리버풀대학의 진화심리학자 로빈 던바는 "남녀노소를 불문하고 공공장소에서 대화하는 시간의 65퍼센트는 사람에 관련된 이야깃거리에 할애된다"라고 했다.

예부터 '시간 죽이기'에 최고는 '남의 말하기'라고 했다. 내 이야기를 잘 하는 사람이 분위기를 이끌고 남을 잘 이해한다는 것도 정설이다.

내 이야기를 할 때 가장 조심해야 할 것은 '자기 자랑'과 '남을 은근히 깔보기', '인맥 자랑'이다. 잘난 사람은 자기 자랑을 하지 않아도 남이 알아준다. 남을 은근히 깔보는 사람은 자기가 잘나지 못한 걸 방어하는 얕은 수이고, 인맥이 좋다는 걸 강조하는 것은 스스로의 힘이 나약하기에 이런저런 열등감을 표출하는 것이다.

내 이야기를 할 때 최고의 기술은 남을 헤아리는 따뜻한 마음씨를 갖는 것이다.

조금 불편한 것이 현명하다

과학기술은 현대인들에게 디지털 문화를 풍족하게 해주었고 일상생활을 편리하게 해주었다.

휴대전화로 인해 편리한 게 무척 많아졌지만 전화번호를 외우지 못하는 전화번호치(癡) 또한 무수해졌다. 휴대전화를 분실하면 가족과 친구 전화번호조차 찾지 못하는 경우가 흔하다. 내비게이션 덕에 길 찾기가 편하지만 내비게이션이 없으면 길치가 되어버린다. 노래방에 가면 노래를 곧잘 부르지만 화면이 없는 곳에서는 노래 가사치가 되어버리는 경우도 많다.

마음도 편리함만 좇으면 결국 마음치가 되어 마음의 갈피를 잡지 못하기 십상이다. 마음만은 아날로그로 사는 게 현명하다.

인디언식 이름 짓기

한때 인디언식 이름 짓기가 유행한 적이 있는데, 생년월일을 대입하면 재미있는 이름이 만들어졌다. 내 이름을 양력으로 지어보니 '용감한 늑대를 보라'가 되었다. 좀 더 좋은 이름을 갖고 싶어 음력으로 지어보니 '지혜로운 바람은 맨날 잠 잔다'가 되었다.

이런 장난 같은 이름 짓기를 할 때도 가능하면 좋은 걸 갖고 싶은데 하물며 인생에서는 오죽하겠는가.

좋은 것은 남도 다 원하는 것이다. 때문에 그것을 얻으려면 남보다 백 배쯤은 고생할 각오를 해야 한다.

소중히 여기면 좋은 이름

상품명을 정할 때나 회사 이름을 지을 때는 같은 이름을 쓰면 안 된다. 그런데 사람 이름은 어떻게 짓든 얼마든지 가능하다. 사람 숫자가 워낙 많아서 같은 이름을 지을 수 없게 한다면 별의별 일이 많이 생길 것이다.

"사람이 많으면 하늘도 이긴다"라는 옛말이 있다. 그만큼 사람의 힘과 능력이 대단하다는 뜻이다.

사람 이름은 독과점이 있을 수 없고 아무나 짓고 부를 수 있다. 사람 이름을 한국, 조선, 고려로 지어도 괜찮고 삼성, 현대로 지어도 그만이다. 어디 그뿐인가. 세종, 순신이라 지어도 뭐라 할 수가 없고 황제, 임금, 국왕, 왕비, 공주, 선녀, 천사라 지어도 된다.

좋은 이름이나 성공한 이름이나 훌륭한 이름이 따로 있는 게 아니다. 자기 육신과 영혼을 세상에서 가장 소중하게 여기는 사람의 이름이 찬란해지는 것이다.

쓸모없는 게 없다

다양한 세상살이를 하다 보니 더러 '인생 상담'을 하게 되는 경우가 있다. 대답하기가 참 불편할 때는 "나는 참 쓸모가 없는 것 같다"라는 말을 들을 때다. 하는 일도 잘 안 되고 사는 것도 힘겹고 알아주는 사람도 없어서 살맛이 나지 않는다는 푸념이다.

심한 경우에는 왜 태어났는지, 태어나지 말았어야지, 라고 말하기도 한다. 오죽 답답하면 그러랴만, 이 세상에 존재하는 모든 것은 쓸모없는 게 단 하나도 없다는 걸 알아야 한다.

쌀 씻을 때마다 버리는 쌀뜨물도 세수할 때 쓰면 미백 효과가 있고, 설거지할 때 쓰면 기름때를 제거할 수 있으며 반찬통의 냄새를 없앨 수도 있다.

세상에 쓸모없는 게 없다. 하물며 사람이랴!

정말 필요한 것

사람이 살아가기 위해서 참 많은 것이 필요해졌다. 과학이 발전하면 할수록 더욱 필요한 것이 많아진 것이다. 그러나 사람은 음식 없이 40일을 못 살고, 물 없이는 4일밖에 못 살며, 공기가 없다면 불과 4분도 살기 어렵다고 한다. 그런데 음식이나 물은 돈만 내면 살 수 있고 공기는 그냥 거저 마신다는 생각을 하기 마련이다.

지금 당장 입과 코를 막고 숨을 멈추어보면 금방 알게 된다. 공기가 얼마나 고마우며 숨 쉴 수 있는 게 얼마나 행복인가를.

지금 공기가 나빠지고 물이 신선하지 않고 음식이 정갈하지 않다면 남 탓만 할 게 아니라 나도 그렇게 만든 사람 중에 한 명이라고 생각해야 한다. 모두가 그런 생각을 하게 되면 지구는 청결해진다.

자기 본분에 충실하게

미술관이나 박물관에서 방문객에게 판매하는 복제품이나 모조품은 값이 싸다. 얼핏 보면 진품이나 복제품을 구별하기 어려운 것도 꽤나 많다. 그런데 진품은 수백억, 수천억 원이나 하고 모조품은 불과 몇만 원이면 살 수 있다. 사람도 의외로 진품과 모조품 같은 사람으로 구분할 때가 많다. 정성으로 농사짓는 농부는 진품이지만 농산물로 세상을 속이는 사람은 모조품이다.

자기 본분에 충실한 사람은 그가 무슨 일을 하든 진품 인생이고 부당한 짓을 하는 사람은 그의 직위와 명예가 아무리 드높아도 가짜 인생일 뿐이다.

가짜 인생은 죽어서라도 들통이 나고야 만다.

마음먹기에 달렸다

본디 마음은 형상이 없음에도 우리가 스스로 모양을 만드는 것이다. 의학 용어에 플라시보 효과(placebo effect)와 노시보 효과(nocebo effect)라는 게 있다. 환자에게 아무런 효과가 없는 약을 주면서 효과가 좋다고 하면 정말 치료가 되는 걸 플라시보 효과라 하고, 먹어도 아무런 이상이 없는 약을 주면서 부작용이 있다고 하면 정말 부작용이 나타나는 현상을 노시보 효과라고 한다.

과학적으로 고찰하면 사람의 뇌는 이중적 구조를 가졌다고 한다. 자기가 믿는 대로 변한다는 뜻이다.

사람 사는 게 참 쉽지 않은 것은 마음의 흔들림 때문이란 걸 부정할 수가 없다. 그런데 그 마음의 주인이 바로 자신이라는 걸 알면 인생사가 마음먹기에 달렸다는 말이 실감 날 것이다.

마음의 숨

검정 비닐에 구멍을 내어 작물을 심어놓으면 비닐이 잡초가 자라는 걸 막아서 힘겹게 풀 뽑기를 하지 않아도 된다. 그러나 토양이 숨을 쉬지 못해서 부작용이 생기기도 한다. 한여름에 땅의 온도가 높아져서 뿌리의 성장을 방해하는 경우도 있다.

그러나 검정 비닐 대신 신문지를 이용하면 부작용을 예방할 수 있다고 한다. 신문지가 숨을 쉬게 하기 때문에 잡초가 자라는 것도 막고 땅이 제 역할을 할 수 있다는 것이다.

사람은 코로 숨을 쉬지만 피부로도 쉰다. 숨을 잘 쉬지 못하면 몸이 망가질 수밖에 없다. 그러나 몸보다 마음의 숨을 잘 쉬는 사람이 지혜로운 사람이다. 마음의 숨 쉬기는 그리 어렵지 않다. 살아있음에 감사하고 세상에 쓸모가 있게 살자는 생각을 자꾸 하는 것만도 큰 숨 쉬기인 것이다.

진짜 내 모습

가끔 약속 장소에 일찍 도착하면 창밖의 사람들 모습을 구경하며 상대를 기다린다. 건물 안에서는 밖이 훤히 보이지만 건물 밖에서는 안이 잘 보이지 않을 때 사람들의 표정, 걸음새, 의상을 유심히 살펴본다. 표정만 보고도 기분이 좋은지 나쁜지 무덤덤한지를 알 수 있다. 누군가 내 모습을 빤히 쳐다보고 있다는 걸 안다면 표정이나 걸음새가 달라질 수 있을 것이다.

거울에 비추어본 내 모습보다 남이 쳐다본 내 모습이 진짜 내 모습이라는 걸 잊지 말자.

물론 남을 너무 의식하며 살면 피곤할 수밖에 없다. 남에게 나의 좋은 점만 보이려 애쓰지 말고, 남들이 내게 해주는 쓴소리는 고맙게 받아들여야 한다.

나의 것, 세상의 것

1980년대 초반 인도 땅을 밟았다. 가는 곳마다 꽃목걸이에 꽃다발을 주었고 호텔 방에도 꽃다발이 한 아름 놓여있었다. 그 시절엔 인건비가 워낙 싸고 취업난이 극심해서 호텔 방마다 종업원이 한 명씩 딸려있었다.

출입할 때마다 문 밖에 있는 종업원이 꽃다발을 안겨주었다. 팁을 주는 게 도리라고 해서 얼른 1달러씩을 주었다. 번번이 어김없이 꽃다발을 내미니 나중에는 꽃을 강매하는 느낌이 들어 은근히 짜증이 나기도 했다. 그러나 당시 인도의 서민들 하루 생활비가 1달러였으니 오죽하면 저러랴 싶어 거절할 수가 없었다.

3일 만에 내 방은 온통 꽃대궐이 되었다. 하루에 5~6달러 정도로 이렇게 호강을 할 수 있다는 게 기뻤다.

다른 지방으로 떠나는 날 종업원에게 꽃을 모두 가져가라니까 "꽃의 주인은 본디 하늘과 땅이니 주인에게 돌려주겠다"며 "살아있는 걸 꺾었으니 속죄하기 위해 꽃밭에 묻어준다"라고 했다. 생존 때문에 꽃을 꺾어 돈벌이를 했지만 꽃에게 속죄하겠다는 말을 잊을 수가 없다.

우리는 세상의 것을 빌려 쓰면서 내 것인 양 함부로 사용한 게 아닌지 돌아봐야 한다.

마음을 호수처럼

언젠가 읽었던 짧은 글이 있다.

불평 많고 근심 걱정이 심한 제자를 큰스님이 불러 소금 한 줌을 물잔에 담아 마시게 하자 제자가 찡그리며 짜다고 했다. 큰스님은 제자를 데리고 호수를 찾아가 소금 한 주먹을 넣은 뒤 그 물을 마셔보라 했다. 제자는 당연히 시원하다고 했다. 큰스님은 제자에게 일갈했다.

"짠맛의 정도는 그릇에 따라 달라진다. 너의 마음은 작은 물잔이 되지 말고 호수가 되어라."

내 마음이 호수처럼 되기가 얼마나 어려운가는 상상만 해도 알 수 있다. 그러니 우선은 그저 내 마음을 졸졸 흐르는 반 뼘짜리 작은 개울물처럼 만들자. 근심 걱정을 그냥 흘려보낼 줄만 알아도 호수 같은 사람이 될 수 있다.

연꽃에 깃든 사랑

중국의 화가 주돈이는 연꽃을 매우 좋아해서 연꽃 그림을 많이 그렸고 연꽃을 예찬하는 글도 썼다.

그의 아내는 저녁에 녹차를 종이에 싸서 연꽃 속에 재워 두었다가 아침에 햇살을 받아 꽃잎이 벌어지면 그걸 꺼내어 차를 대접했다고 한다. 그런 아내 덕분에 화가의 연꽃 그림에는 더욱 아름답고 그윽한 향기가 배어들었을 것 같다. 화가의 아내가 우려낸 차향은 신도 반할 것 같다.

주돈이의 연꽃 그림을 본 적은 없지만 그의 연꽃에는 아내의 향기와 아내의 정성과 아내의 헌신이 담뿍 스며있을 것이다. 더구나 이런 사연을 들은 사람이라면 그 연꽃 그림에서 애틋한 사랑과 정겨운 마음을 함께 느끼게 될 것이다.

지극한 정성 앞에 누군들 겸허해지지 않을 수 있으랴.

체면보다 정성

선물과 뇌물의 차이는, 주고받을 때 서로 부담이 없으면 선물이고 어느 한쪽이든 부담스러우면 뇌물이다. 선물은 줄 때도 기쁘고 받을 때도 기뻐야 한다. 소설가로 산다는 건 지난한 일이지만 참으로 좋을 때도 있다.

바로 내가 지은 책을 선물로 줄 경우다. 출판사에서 저자에게는 할인을 많이 해주기 때문에 요즘 평균 책값으로 따져서 1만 원 이내에 내 책을 살 수 있다.

받는 이의 이름과 덕담 한마디쯤을 써서 내밀면 매우 좋아한다. 농담이겠지만 "가보로 보관하겠다"라든지 "머리맡에 두겠다"라거나 "받은 선물 중에 가장 좋다"라는 말을 듣기도 한다.

우리나라의 선물에는 거품이 좀 많은 편이다. 그 거품을 빼내려면 '정성'이 전제되어야 한다. 우리도 이제 선물, 축의금, 조위금 등을 '체면'이 아닌 '정성'으로 주고받을 수 있도록 바뀌어야 한다.

아픈 사람이 장수한다

몸이 가볍고 건강해 보이는 사람은 스포츠 센터에 등록하고 얼마 못 가서 그만두는 경우가 많다고 한다. 반면 억척스럽게 열심히 운동하는 사람은 상당수가 몸이 가볍지 않거나 건강이 나빴던 사람들이라고 한다.

자기 몸이 부실한 사람은 건강을 회복하고 싶어서 열심히 운동하기 때문에 오래지 않아 건강한 모습을 되찾고 계속 운동을 한다. 다 그런 것은 아니지만 건강한 사람은 운동을 해도 좋아지는 속도가 느릴 수밖에 없으니 재미나 보람을 느끼지 못해서 중도에 그만두는 것 같다고 한다. 그래서 옛말에 골골 아픈 사람이 장수한다고 했는지 모른다.

인생도 그런 것 같다. 실패, 좌절, 고통을 겪은 사람들이 순탄하게 살아온 사람들보다 크게 이루고 성취감도 높다.

인생 벌기

현대인의 욕구 가운데 가장 큰 욕구는 돈 벌기라고 한다. 돈은 사람이 살아가는 데 편리한 도구이고, 여기에 이의를 제기할 사람은 거의 없을 것이다. 사회 구조나 가정 관리, 교육이나 취업, 양질의 삶이나 문화 향유 등등 모든 게 돈과 연관되지 않은 게 없는 것도 사실이다.

그런데 인간의 궁극의 목적이 '행복'이라는 사실 앞에 돈은 더 큰 가치의 들러리인 것이다. 돈 벌기보다 인생 벌기를 해야 한다. 인생 벌기란 사랑 벌기, 시간 벌기, 인간 벌기, 희망 벌기 따위를 통칭하는 것이다. 인생 벌기를 해야 비로소 기쁨, 건강, 여행, 취미, 독서, 즐거움, 신바람, 웃음, 친구, 사랑을 차지할 수 있다.

다 쓰고 가자

우리 집 담장의 벽돌과 벽돌 사이 매우 작은 틈에 어찌 씨앗이 들어갔는지 모과나무가 자란다. 묻어놓은 항아리와 시멘트 바닥의 그 작은 틈에서 단풍나무와 소나무도 자란다. 마당 있는 집에서는 흔히 볼 수 있는 장면이다.

식물은 씨앗이 발아하기만 하면 온몸을 다 쓰고 가려고 안간힘을 쓴다. 동물은 더 안간힘을 쓴다. 먹이를 찾아다니는 개미는 온종일 줄을 이어 기어 다니고, 거미줄을 걷어내고 걷어내도 거미는 끊임없이 먹이사냥을 위해 거미줄을 친다. 모기는 틈새만 있으면 안으로 들어와 사람의 피를 빨아먹는다.

살아있는 것들은 모두 살아남기 위해 제 몸을 다 쓰고 간다. 그런데 어찌하여 사람은 제 몸을 다 쓰지 않으려고 하는지 모르겠다. 몸과 마음을 가능하면 다 쓰고 가는 사람이 인생을 잘 산 사람이다.

남과 다르다는 것

그리 멀지 않은 미래에는 최첨단 로봇으로 성형 수술이 가능하다고 한다. 얼마든지 사람의 겉모습을 바꿀 수 있다는 것이다. 그렇다면 누구나 배우가 될 수 있는가? 오히려 인물과 몸매가 아니라 개성 있는 연기력으로 평가를 받는 세상이 될 것이다. 세상이 미녀, 미남 천지가 되면 그때 어떤 현상이 생기게 될지 상상해보면 쉽게 짐작할 수 있을 것이다. 어쩌면 지금보다 훨씬 재미없는 세상이 될 것 같다.

세상은 각기 다른 사람끼리 어울려 살기에 재미가 있고 이야깃거리가 있으며 다양한 삶의 모습이 전개되는 것이다. 첨단 로봇이 만들어놓은 사람들끼리 살아야 하는 개성 없는 세상은 사람이 인스턴트식품만 먹고 사는 것과 무엇이 다르겠는가.

내가 남과 다르게 생겼다는 것을 즐거워하는 자체가 곧 지혜라는 걸 알아야 한다.

애써야 가벼워진다

일본에서 유행하는 '드로우 인(draw in) 뱃살운동'이란 게 있다. 지금까지 알려진 어떤 뱃살 빼기 운동보다 효과가 크다는 게 입증되었다고 한다.

허리를 바르게 세워 힘을 주고 배가 쑥 들어가게 힘을 주어 30초 정도 있다가 푸는 방법이다.

등을 곧게 펴되 힘을 주지 말고 배를 집어넣되 자연스럽게 숨을 쉬면 복근에 힘이 생기고 배 주변에 지방이 쌓이는 걸 막아준다. 이렇게 근육을 수축하는 상황이 반복되면 기초대사량이 높아지고 체지방이 분해된다고 한다. 걸을 때나 앉아있을 때, 출퇴근길이나 사무실에서 습관만 들이면 뱃살 걱정은 안 해도 된다고 한다.

내 몸만 그래서는 안 된다. 내 마음의 뱃살도 자꾸 집어넣으려고 애쓰면 몸보다 훨씬 빠르게 가벼워진다.

맑게 흐르는 다정한 마음들

7월

적당히 먹고 움직이자

야생동물은 약을 먹거나 수술을 받지 않는데도 수명대로 사는 경우가 많다. 그러나 동물원에 갇히면 사람처럼 약을 먹기도 하고 수술을 받는 경우도 생긴다. 어떤 경우에는 신경정신 계통의 약을 복용하기도 한다. 사람들은 과학이 발달할수록 자연치유는 포기하곤 한다. 약을 복용하지 말고 수술을 받지 말라는 게 아니다. 동물처럼 내 몸이 필요한 만큼만 먹고 많이 먹었으면 열량을 소비할 수 있게 기다리거나 몸을 움직여 소비시켜줘야 자연스러워진다는 뜻이다.

가능하면 햇빛, 땅, 물, 바람이 키운 것들을 입이 원하는 게 아니라 몸이 원하는 것만큼 먹으면 약의 의존도를 확실히 낮출 수 있다. 물론 동물처럼 많이 움직여주지 않으면 아무리 가볍게 먹어도 건강해지기 쉽지 않다.

오래 사는 게 좋은 게 아니라 살아있는 동안 건강해야 한다. 죽기 전 10년 동안 질병으로 고생한다는 통계 수치를 기억해보자.

확대해보기

한 잡지사에서 보낸 편지에서 참 기기묘묘한 모양을 가진 갖가지 보석 사진을 보고 내가 모르는 보석이 많다고 생각했다. 그런데 사진 설명을 읽어보니 그것은 보석이 아니라 모래를 250배 확대한 사진이었다.

우리는 눈에 보이는 것으로만 아름다움을 판단하고 우리 마음에 드는 것만 좋은 것이라고 생각한다. 내 눈에 보이고 내 마음에 드는 것만으로 세상을 이해하는 경우가 너무 흔하다.

사람의 마음을 1백 배 정도 확대해보면 세상에 싫어할 사람도 미워할 사람도 별로 없을 것이다. 어쩌면 좋은 사람이 천하에 가득 넘치고 있다는 걸 알게 될 것이다. 나를 확대해서 남을 기쁘게 하고 남을 확대해서 내 보석으로 삼는 사람이 현자이다.

얽히고설킨 마음

여행 가방을 꾸릴 때 잘 고르고 개고 접고 포개서 제법 야무지게 짐을 챙기게 된다. 그러나 여행 가서 짐을 풀었다가 싸고 또 풀었다가 싸는 걸 반복하다 보면 똑같은 짐인데 가방이 작다고 느낄 때가 종종 있다. 짐이 늘어나면 더욱 가방 싸기가 귀찮아진다.

출발할 때는 되도록 부피를 줄여 가방을 꾸리지만 나중에는 뭉치거나 구겨서 넣기 때문에 부피가 늘어날 수밖에 없다.

인생도 그렇다. 생각과 마음을 잘 고르고 개고 접고 포개면 부피도 작고 깔끔해 보인다. 그러나 생각과 마음을 추스르지 못하고 흩어놓고 갈무리를 하지 못하면 마음이 얽히고설켜서 엉망이 되는 것이다.

한 시간만 눈을 지그시 감고 가만히 앉아있어보면 어떻게 얽혔는지 보인다. 그 정도의 시간은 자신에게 투자해야 한다.

앞날을 알 수 있다면

사람들은 미래의 인생을 알고 싶어 한다. 그래서 점을 치러 가거나 『토정비결』을 보거나 신문에 실린 오늘의 운세를 유심히 살펴보기도 한다. 한번 상상해보라. 내 인생을 미리 알게 된다면 살맛이 나겠는가.

연애나 결혼의 결과를 미리 안다면 어떤 일이 생길 것 같은가. 게임이나 시합의 결과를 미리 알 수 있다면 무슨 재미가 있겠는가. 영화나 드라마의 내용을 미리 안다면 볼 맛이 나겠는가.

인생은 알 수 없기에 스스로 헤쳐나갈 수 있고 도전할 수 있으며 열정을 바칠 수 있는 것이다. 인생은 모험이다. 앞날을 모르기에 두려워할 필요도 없다. 그냥 한번 덤벼봐야 한다. 세상에 나왔으니 반드시 내가 쓰일 곳이 있음을 잊지 말자.

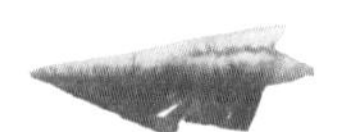

각별히 스며들어야

목숨을 부지하는 데 물처럼 귀한 게 없을 만큼 물은 생존에 반드시 필요한 것이다. 그러니 얼마나 고마운 존재인지 모른다. 태풍이 휘몰고 간 뒤 지붕이 새기 시작했다. 그것도 물기에 가장 약한 서재 쪽에서 빗물이 샜다. 화가 나고 물이 싫었다. 지붕이 새거나 보일러 파이프가 터졌거나 지하실에 물이 차거나 부엌의 수도관이 갈라져본 사람은 물이 얼마나 사람 속을 썩이는지 알 것이다.

물은 미세한 틈만 있어도 스며든다. 장마철에는 홍수로 많은 생명과 재물도 앗아간다. 그럼에도 우리에게 가장 소중한 게 물이다. 이 양면성은 물의 양면성이 아니라 물을 대하는 사람의 양면성인 것이다.

우리네 인생도 마찬가지다. 인간의 근원은 같은데 어찌 생각하고 어찌 사용하고 어찌 판단하느냐에 따라 인생이 달라지는 것이다. 바르게 살고자 하는 마음이 사람에게 스며들면 그는 세상에 아름답게 스며들 것이다. 무엇보다 스스로에게 각별히 스며들도록 애써야 한다.

생체시계

과학기술의 발전으로 오래지 않아 사람의 남은 수명을 알려주는 '생체시계'가 발명될 것이다. 시계처럼 손목에 차고 있으면 혈압, 맥박, 혈당은 물론이요, 질병 코드·치료법·예방법·운동량 등도 표시될 것이다. 그렇게 되면 오늘부터 언제까지 살 수 있다는 '수명'을 알려주기는 그리 어렵지 않을 것이다.

날마다 째깍거리며 남은 인생을 표시해준다면 지금처럼 건성, 대충, 그냥 그렇게 살지는 않을 것이다. 그렇다고 너무 아금박스럽게 사는 것은 더욱 나쁜 인생을 만들 수밖에 없다.

마음으로 내 '생체시계'를 만들어보는 것이 필요하다. 아금박스러운 것도 피하고 건성으로 사는 것도 피할 수 있는 지혜를 얻게 된다.

자성예감

소원을 성취하는 방법 중에 자성예감이라는 게 있다. 원하는 걸 자꾸 말하거나 기도하면 자기최면이 되어 보다 쉽게 이루어진다는 게 현대 심리학자들의 주장이기도 하다. 자기가 원하는 걸 자꾸 되뇌면 뇌세포가 작용하여 보다 집중해서 원하는 것을 향해 나아갈 수 있다는 것이다.

성공한 사람들의 자서전을 읽거나 성공담을 들어보면 그들 대부분이 뭔가 골똘하게 "나는 할 수 있다"라고 자기최면을 걸었다는 걸 알 수 있다.

우리들이 기도한 대로 다 이루어지면 얼마나 기쁠까? 간절히 원해서 말하고 기도한다는 것은 자신을 북돋우는 자기 격려와 자기 칭송이 전제된 것이며, 진정한 성공은 남을 기쁘게 하는 온당한 성취를 뜻한다.

아랫것, 잘 잤느냐

매년 여름마다 의료봉사를 따라다니며 많은 걸 배운다. 의료 혜택이 부족한 지역을 찾다 보니 으레 벽촌을 봉사 지역으로 선정하곤 한다. 그해 여름에도 시골 마을을 찾았는데 늘 그렇듯 80여 명이나 되는 봉사자들의 숙소가 문제였다. 근처에 오래된 고택이 있어 나이 든 사람들만 옛 정취를 느끼라고 숙소로 정해주었다. 특히 나를 배려하려고 혼자 쓸 수 있는 방을 물색한 것이 솟을대문에 달린 작은 방, 옛날에 잔심부름하던 머슴방이었다. 화장실 가고 목욕하기에는 불편했지만 옛 정취를 느끼는 멋에 겨웠다. 주인 양반을 찾아온 손님이 "이리 오너라." 하면 얼른 주인에게 고하고 문을 열어 안내해주었을 아랫것을 떠올리는 재미도 있었다.

장난기가 동한 봉사자들이 "아랫것, 잘 주무셨나요?"라고 놀리면 묘하게 기분이 좋아졌다. 머슴 체험은 아니더라도 내가 낮은 자리(봉사자)에서 윗자리(환자들)를 섬기는 배움을 얻는다고 생각했다. 봉사란 곧 낮은 마음으로 세상과 사람을 공경하는 것이기에 기쁨이 되는 것이다.

건망증

건망증은 세상이 복잡하고 바쁠수록 심해진다고 한다. 건망증 때문에 불편을 겪는 사람이 의외로 많다.

그런데 건망증이 꼭 나쁜 것만은 아니다. 생각을 바꾸면 건망증도 데리고 살 만하다. 살다 보면 이런저런 일로 속상하고 불쾌하고 견디기 어렵고 화가 잘 삭지 않을 때가 많다. 만약 그것들이 지워지지 않아 가슴에 차곡차곡 묻어두고 산다면 어떨까.

그건 마음의 쓰레기인데 가지고 있으면 악취가 나기 마련이다. 쓰레기는 버려야 한다. 그러나 생각으로는 잘되는 듯하지만 실제로는 잘 버려지지 않는다. 참으로 신기하게도 우리 뇌가 마음의 쓰레기를 버리기 어려운 걸 알고 건망증이란 걸 생성해낸 것 같다.

건망증이 잦으면 '에라, 내가 버려야 할 게 많은가 보다'라고 생각하면 된다.

마음으로 걷자

어느 화창한 여름, 세계적인 명상 수행가 틱낫한 스님과 임진각 일대에서 걷기 명상을 한 적이 있다.

한낮의 햇볕은 종이 모자를 쓴 내 머리를 후끈 달아오르게 했다. 스님은 아침에 박박 깎은 듯 윤기 나는 민머리였는데 그 땡볕에 두 손을 모은 채 느릿느릿 걷기만 했다. 족히 서너 시간은 강렬한 햇볕에 노출되었으니 화상을 입었을 텐데도 스님은 잔잔한 미소로 걷기만 했다.

나는 땀 차는 옷과 눈부심과 느린 걸음과 햇볕에 달아오르는 귓불과 종이 모자를 뚫고 들어오는 열기에 정신을 빼앗겨 명상은커녕 이 시간이 어서 끝나기만을 바랐다.

나중에 스님에게 물어보고서야 알았다. 스님은 마음으로 걸었고 나는 몸으로 걸었다는 것을. 현자와 바보의 차이가 무엇인지를.

자연이 자유

경보 선수들이 훈련하는 것을 보았다. 무릎을 구부리지 않고 누가 빠르게 걷는가를 겨루는 선수들의 모습은 장중해 보였다. 코치는 가볍게 뛰었지만 동작이 자연스러웠고, 선수는 두 팔을 앞뒤로 많이 흔들며 애써서 걸었다. 무릎을 편 채 빠르게 걷는 게 얼마나 힘겹고 애가 탈까 싶어서 쳐다보는 내 마음도 안타까웠다. 나는 경보 선수처럼 걸어보았다. 걸음새가 엉망이 되고 자꾸 무릎이 굽혀졌다.

자유롭다는 거, 참 별것 아니구나. 생긴 대로 걷고 숨 쉬고 눕고 일어나고 웃고 울고 찡그리고 화도 내고 속도 상하고 실수도 하고 세상과 생긴 대로 어울리는 것이구나. 자연스러운 게 가장 자유로운 것이구나.

스트레스 이용하기

옛사람들은 '화병'이 가장 무섭다며 '가슴앓이'라는 표현을 썼다. 반면 가슴앓이와 화병은 조금 다르다는 주장을 하기도 했다. 당장에 화가 나는 것을 화병, 두고두고 쌓인 울화증을 가슴앓이라고 하기도 했다.

현대인에게 가장 흔한 질병 코드가 '스트레스'라는 건 이미 널리 알려져있다. 그런데 적당한 스트레스는 오히려 삶에 활력을 불어넣는다는 각종 실험 결과가 있다. 그래서 스트레스는 피하지 말고 이용하는 게 건강에도 좋다고 한다. '수험생에게 스트레스가 없으면 뇌의 각성 능력을 극대화하기 어려워 좋은 성적을 내기 어렵다'라는 전문가의 소견을 귀담아들었으면 한다.

10분을 넘기지 않는 스트레스는 오히려 건강에 좋다는 사실을 적절히 이용하는 게 지혜인 것이다.

회상성 기억 조작

어린애들이 밥에 얹어 비벼 먹는 맛가루(일본어로 후리가케)를 가축 사료용 가루와 아스콘이나 담배 가루가 섞인 원료로 만든 식품업체가 적발되었다.

여름철만 되면 어김없이 유명한 냉면집들의 냉면이 기준치가 훨씬 넘는 세균 범벅이란 기사가 해마다 되풀이된다. 도마와 칼에 세균이 바글거리고 위생 상태가 엉망인 주방과 정수기, 먹다 남은 찌꺼기로 상차림을 하는 치졸한 상술이 TV 화면에 클로즈업되고는 한다.

그런 것을 보면 식당에 가서 식사하지 말아야지, 가능하면 집에서 먹어야지 하게 된다. 그런데 조금 지나면 언제 그런 소식을 들었더냐 싶게 이곳저곳에서 믿거라 하고 식사하곤 한다. 건망증이 아니라 자기방어를 위해 본인에게 유리하게 무의식적으로 기억을 조작하는 '회상성 기억 조작'인지 모른다. 나쁜 음식점 주인도 그걸 아는 걸까.

천 일, 만 일의 단련

우연찮게 판소리 다섯 마당의 명창들과 닷새 동안 한데 어울려 날마다 한 마당씩 듣고 대화하는 프로그램을 진행한 적이 있다. 소리에 대한 깨달음의 경지를 득음이라고 한다. 세상 만물의 소리를 자유자재로 듣고 뿜어내는 경지에 이르렀음을 일컫는 말이다. 소리로 천하를 평정했다는 칭송의 소리이기도 하다.

천 일(千日)을 연습하는 걸 단(鍛)이라 하고 만 일(萬日)을 연습하는 걸 련(鍊)이라 해서 부단히 정진하는 것을 단련이라고 한다. 만 일은 27년 4개월쯤 된다.

보통 천 일은 3년이라고 하고 만 일은 30년을 통칭하기도 한다. 그 정도의 단련을 하지 않으면 명창 소리를 들을 수 없다. 그 정도의 단련 없이 어찌 뛰어날 수 있겠는가.

오르막 내리막

등산할 때 오르막길에서 지칠 때쯤에 계곡의 내리막길을 만나면 발걸음이 훨씬 가벼워진다. 그러나 한창 내리막길을 내려가면 그다음의 오르막길은 더 높아 보이고 훨씬 힘들 수밖에 없다. 하산할 때는 거꾸로 내리막이 오르막이고 오르막이 내리막이 된다.

그래서 옛사람들이 인생도 등산하는 것과 같다고 했는지 모른다. 오르고 오르고 또 오르면 못 오를 리 없건만 결국은 내려가야 하는 게 인생이다. 정상에 올랐을 때 힘이 빠지고 지친 사람은 내려갈 때가 매우 힘들다. 낮은 산을 목표로 삼은 사람은 오르고 내릴 때 힘겹지 않지만 높고 험한 산을 목표로 삼은 사람은 그만큼 고통과 위험을 감수해야 한다. 오르고 내릴 때를 즐기는 사람은 인생을 근사하게 사는 사람이고 억지로 오르고 내리는 사람은 인생을 낭비하는 사람이다. 산의 높고 낮음에 가치를 두지 말고 내 몸을 건강하게 만드는 즐거운 산행을 하는 게 현명하다. 인생도 그러하다.

구멍 뚫어주기

밤 이슥한 시각. 원고를 쓰고 있는데 머리 위에서 연신 똑똑거리는 소리가 아련히 들렸다. 장마철이라 빗물받이가 넘치는 거라고 생각했다. 점점 가까이 들리는 것 같아 올려다보니 천장이 두어 뼘쯤 젖어있었다.

장맛비에 지붕이 새는 것이었다. 한참 전에 지하실이 새어 책 1만여 권을 버린 탓에 가슴이 철렁했다. 급히 알 만한 사람에게 전화했더니 달려와서 한다는 소리가 "내일 저녁에나 비가 그친다니까 비 그치면 지붕에 올라가 고칠 데가 있나 봐야겠네요"였다. 그러고는 송곳으로 천장에 구멍을 내어 못을 꽂고 못대가리에 비닐 끈을 매달았다. 줄을 타고 똘방똘방 떨어지는 물이 대야에 고이기 시작했다. 이튿날 고칠 때까지 더 번지지 않았다. 비 새는 걸 발견하지 못했거나 전문가가 구멍을 뚫어주지 않았으면 많은 책이 젖었을 것이다.

인생도 맑은 날이 많지만 때때로 비가 오고 눈보라가 치고 태풍이 휩쓸기도 한다.

인생도 새는 곳을 알고 구멍을 뚫어주어야 한다. 물이 고이면 젖거나 썩는 수가 있다. 비 오는 걸 막을 수는 없지만 비 새는 건 스스로 수습해야 하니까.

당신도 그렇게 될 수 있다

독재 정권 시절에 중형을 받은 사람들 중에는 수십 년이 지난 후 민주화 운동 유공자가 되거나 무죄로 재평가되거나 보상금을 받는 사람들이 있다. 검찰에 불려다니거나 송사에 얽혀본 사람들은 기소권을 가진 검사나 판결권을 가진 판사에 대해 한 번쯤은 미움과 부러움을 가지게 된다. 억울한 사연을 가진 사람이라면 한이 깊게 맺히기도 한다. 그래서 힘없음과 배경 약한 것에 대한 열등감도 가지게 된다.

예부터 법을 관장하는 자리에 있는 사람은 하늘을 반드시 두려워하라고 했다. 사람의 잘잘못을 판단할 때는 신이 내려다보고 있다는 걸 잊지 말아야 한다. 중세 영국에서는 판사와 검사를 겸직했다고 한다. 법관이 앉는 의자의 가죽은 사람가죽이었다고 한다. 판결을 잘못해서 억울하게 죽은 사람이 생겼을 때는 '당신도 그렇게 될 수 있다'라는 경각심을 주려는 징표였다는 것이다.

오늘의 지도자들도 그런 경각심을 가슴에 새겨야 한다.

변화무쌍한 날씨처럼

인생도 날씨와 같다. 내가 바라는 대로 지구와 우주가 반응해주지 않는다. 가뭄이 심해 비 오기를 애타게 기다리지만 하늘이 무심할 때가 많다. 장맛비가 요란해서 비 그치기를 기다리지만 더 자발맞고 억세어지기도 한다. 한파가 몰아쳐 추위가 극심할 때도 있고 혹서가 닥쳐 더위가 극심할 때도 있다. 최근 기후 변화가 극심한 것은 인간의 잘못이라 하지만 본디 지구의 날씨는 변덕스러울 수밖에 없는 것이다. 아이들은 소풍 가는 날 비가 온다고 투덜거리지만 농민과 산천초목은 반가워할 수 있다. 눈이 많이 쏟아지면 스키장에서는 좋아하겠지만 골목길을 나다니는 사람들이나 영세 상인들은 죽을 맛일 수 있다. 짚신장수와 우산장수의 아들을 둔 어머니는 비 올 때는 짚신장수 아들 걱정이요 햇살 좋으면 우산장수 아들이 걱정이듯 인생은 근심 걱정을 달고 사는 게 정상인지도 모른다.

인생도 날씨처럼 멈추지 않고 변화무쌍하다. 인생이 쉽기만 하다면 살맛이 날까.

식중독균의 쓸모

통조림이 부패하면 식중독균 '클로스트리디움 보툴리눔(clostridium botulinum)'이 생성된다. 음식이 부패하면서 이산화탄소와 함께 신경을 마비시키는 독소가 나오는데 흔히 이 부패물질을 '보툴리눔톡신'이라고 부른다.

이렇게 인체에 해악을 끼치는 독소가 현대의학에서 매우 중요한 역할을 한다. 주름치료제로 알려진 '보톡스'의 주원료가 바로 식중독균 '보툴리눔'인 것이다. 신경을 마비시키는 특성 때문에 편두통, 두통 치료에도 사용되고 안검경련이나 다한증 치료제로도 쓰인다.

세상에 쓸모없는 게 어디 있겠는가. 나쁜 것이라도 쓰임새 있게 다듬으면 쓸모가 있게 된다. 하물며 사람이랴.

지나치면 화가 된다

민주화 운동이 한창일 때 양심수 석방을 촉구하는 몇 가지 실천을 했다. 그중에 '감옥 체험'을 하며 서슬 퍼런 독재 시절 감옥의 고초를 체험한 적이 있다.

한여름 땡볕이 내리쬐는 날, 겨우 누울 수 있는 공간에 창문이 한쪽에만 있는 합판으로 만든 감옥은 숨이 막히는 곳이었다. 때가 되니 보리밥 반 공기와 단무지 한 쪽과 물 반 잔이 식사로 나왔다. 싱거운 단무지를 조금씩 베어 씹으니 배는 고파도 입맛을 찾을 수가 없었다. 그런데 흐르는 땀이 입안으로 들어가니 그제야 땀이 반찬이 되어 밥맛이 났다.

젊은 시절 혹독한 장교 훈련을 받을 때도 비슷한 경험을 했다. 억수로 쏟아지는 빗발에 식판의 반찬이 흙탕물에 사라지고 서너 숟갈밖에 남지 않은 밥을 먹을 수 있었던 건 흐르는 땀이 입안으로 들어갔기 때문이다.

이토록 사람에게 꼭 필요한 염분인데도 지나치면 온갖 병을 유발한다니 아무리 좋은 것도 지나치면 반드시 화(禍)를 입는 듯하다.

하느님 어버이

결혼 적령기의 여성이 빨리 결혼하라는 어머니에게 "하느님은 분명 남성일 거야"라고 말했다. 왜 그런 생각을 했느냐고 하자 "한국 사회는 남자 중심인 데다가 여자는 시집가면 애 낳고 기르고 살림하고 돈을 벌어야 하는 다중고를 겪잖아"라고 했다. 결혼한 여성이 마음 편히 아이를 낳아 기를 수 있게 배려한다면 출산율이 떨어지겠는가를 생각해 보면 한국 사회의 함정이 무엇인가를 알 수 있을 것이다.

그렇지 않은 경우도 있겠지만 우리나라는 아직까지 장가 '들고' 시집'가는' 현상을 부정하기 어렵다. 결혼하면 여자 쪽이 훨씬 정신적 부담이 많아진다는 뜻이다. 시부모와 시댁의 친인척이 모두 관리의 대상이 될 뿐 아니라 시댁의 관습이나 규율이나 문화를 따라야 하기 때문이다.

하기야 아직도 '하느님 어버이'가 아니라 '하느님 아버지'인 세상이니까. 우리가 먼저 '하느님 어버이'로 고치는 넉넉한 마음을 가지면 얼마나 좋을까.

더불어 파티

사람들에게 "혼자일 때는 외롭죠?"라고 물어보면 대부분 고개를 끄덕인다. "둘이 있으면 정다운 편이죠?"라고 해도 마찬가지다. "여럿이 어울릴 때는 즐거운 편이죠?"라고 해도 역시 고개를 끄덕이기 마련이다.

사람 사는 모습은 대부분 그런 것이다. 그런데도 사람들은 혼자일 때는 즐겁고 둘일 때는 한껏 사랑받고 여럿일 때는 우월하기를 원한다.

산에 오르는 사람끼리 서로의 몸에 로프를 묶어 생사고락을 함께하는 걸 '자일 파티'라고 한다.

인생은 세상을 등정하는 것과 마찬가지다. 서로 로프를 묶고 올라가는 '더불어 파티'를 하는 사람이 진정 잘 사는 사람이다.

선과 악의 평가기준

미담이 소개된 기사를 읽다 보면 기사의 주인공을 천사 같다든지 보살 같다고 칭송할 때가 종종 있다. 그 사람 자체를 이야기하는 게 아니라 그가 행한 행위를 칭찬하는 말일 것이다.

반면, 끔찍한 사건을 알리는 기사에서는 못된 짓을 한 사람을 악마라거나 괴물이라고 표현한다. 너무나 포악한 행위가 그것이 사람이 한 일이라고는 상상하기 어렵기 때문일 것이다.

사람의 생각은 매우 복잡하고 변화무쌍하기 때문에 어떤 때는 천사나 보살이 되었다가도 갑자기 악마나 괴물로 변할 수 있다. 결국 실제 나타나는 행위로 그 사람을 평가하기 마련이다. 우리 자신이 천사로서 행동할지 악마의 흔적을 남길지 언제나 되새겨보아야 한다.

완벽은 없다

살다 보면 남을 미워하거나 싫어하지 않을 수 없는 경우가 있다. 그러면 내 마음에 가시철조망을 치고 그곳에 나를 가두어두는 것과 다름없다. 결국 내 스스로가 감옥이 되고, 스스로가 감옥살이를 하는 것이다. 속상한 기억을 버리지 않으면 내 마음이 쓰레기통이 된다는 걸 안다면, 내가 남의 가슴속에 쓰레기가 되어서는 안 된다는 것도 얼른 생각해야 한다.

세상에 완벽한 사람은 없다. 그런데 우리는 흔히 세상 사람들이 완벽해지기를 바라기 때문에 미움이 쌓이고 싫어하는 마음을 갖게 되는 것이다.

내가 완벽해질 수 없다면 상대에게 완벽을 요구하는 어리석음을 버려야 한다. 그래야 내 마음이 자유롭다.

지금 그냥 웃어보자

의학적으로 사람의 몸은 매일 3천 개에서 5천 개 정도의 암세포를 만든다고 한다. 그러나 모든 사람이 암 환자가 되지는 않는다. 면역세포가 암세포를 파괴하기 때문이다. 면역세포는 암세포를 발견하면 퍼포린 같은 단백질을 뿜어 암세포를 터트려 죽인다고 한다. 건강한 사람은 이 면역세포를 50억 개 정도 가지고 있다.

그런데 참 신기한 것은 웃는 입 모양만 해도 부교감 신경이 자극을 받아 면역세포가 활성화된다는 것이다.

마음이 편안해야 웃을 수 있지만 세포는 웃는 척만 해도 속아 넘어간다니 거울을 보고 괜히 웃어보는 여유쯤은 가져야 한다.

웃기만 해도 암세포가 사라진다니 지금 그냥 웃어보자.

공짜와 진짜

제자들에게 시험 문제로 '오늘 만약 1억 원이 생긴다면'이라는 주제를 제시했다. 답안 내용은 조금씩 달랐지만 제자들은 대체로 1억 원을 3등분했다. 저축이나 투자로 나중을 생각했고, 길러준 부모에게 드리거나 공짜로 생겼으니 남을 돕는 데 기부하거나 종교 단체에 헌금한다고 했고, 연인과 해외여행을 하거나 좋아하는 친구들과 모험을 즐기는 비용으로 쓰고 싶다고도 했다.

나중에 답안지 평가를 하면서 '1억 원을 내가 수고해서 모으는 데 얼마나 걸릴 것 같으냐'라고 했더니 '빠르면 5년 느리면 10년'이라고 했다. '10년 후에 1억을 모았을 때도 3등분해서 쓰겠느냐'라고 물었더니 그제야 공짜와 진짜의 가치가 무엇인지를 알겠다고 했다.

인생에도 공짜가 의외로 많다. 그런데 공짜에 익숙해진 사람은 그의 인생 또한 공짜가 되어 보잘것없는 것이 되어 버린다.

채워 넣자

통장에 잔고가 있어야 돈을 마음 놓고 꺼내 쓸 수 있다. 각양각색의 자판기는 물품이 채워져있어야 판매할 수 있다. 마이너스 통장이란 게 있지만 쓴 만큼 채워 넣어야 한다. 음료수를 마시려면 가격 표시만큼의 돈을 투입해야만 마실 수 있다.

내가 행복하고 싶으면 내 마음에 행복의 조건들을 채워 넣어야 하고, 내가 건강하고 싶으면 내 몸에 건강을 담아두어야 한다. 행복과 건강은 사람답게 사는 데 필수 조건이기에 반드시 채워두어야 꺼내 쓸 수 있다.

내가 행복통장 자판기이고 내가 건강통장 자판기라는 걸 잊지 말자.

인생의 명궁수

아무리 좋은 활을 가진 명궁수라도 과녁이 있어야 명중시킬 수 있다. 과녁이 흔들리거나 너무 먼 곳에 있거나 흐리면 명중시키기 어려울 수밖에 없다. 사람마다 맞춰야 하는 과녁은 다르다. 쏘아야 할 화살의 수효도 각기 다르다. 명궁수가 되려면 화살이 많아야 하고 연습량이 많아야 한다.

인생도 그러하다. 인생의 목표는 과녁과 같고 인생의 수업은 활과 같은 것이다.

인생의 화살은 공부, 독서, 여행, 취미, 교제, 인연, 단련, 집념, 열정, 사랑 같은 것이다.

사람답게 즐기기 위한 공부

학교(school)의 어원은 그리스어로 스콜레(scole)인데, 이는 여가를 즐기는 것, 교양을 쌓는 것을 뜻한다. 공부란 본래 '삶을 즐기는 기술을 배우는 것'이다.

그런데 요즘 우리나라의 공부는 삶을 고달프게 만드는 기술을 배우는 형상이고, 여가 없이 생활에 쪼들리며 오히려 교양을 해치는 것과 같은 꼴이다. 입시 지옥, 취업 지옥에 살아야 하는 젊은이들의 가슴앓이를 풀어주지 않는 한, 혈기왕성한 사춘기 아이들을 공부 지옥에 가두어두고 개성을 죽이는 한, 우리의 미래는 어둡다.

또한 공부는 모름지기 '사람답게 사는 법'을 배우는 것이다. 인생은 국·영·수 성적이나 일류대학이나 일류학과라는 이름에 끌려 다니는 게 아니다. 내가 세상을 끌고 가는 것이다. 자기 개성을 살려 미래를 개척해나가는 사람이 세상의 주인처럼 산다는 걸 기억하자.

사소한 행동들

차창을 열고 꽁초를 던지는 사람들을 종종 본다. 뻔뻔스럽게 내던지는 사람도 있고 은밀한 수작을 하듯 버리는 사람도 있다.

그런 사람을 유심히 관찰해보면 대체로 관상이 나쁘다. 그 정도의 행위로 관상이 나빠지겠느냐고 생각할 수도 있겠지만, 그런 행위가 옳지 않다는 걸 스스로 알고 있기 때문에 자신의 뇌세포가 나쁘게 작용하는 것이다.

그런 사람들은 대부분 공공장소나 대중교통을 이용하면서도 쓰레기를 함부로 버리거나 휴대전화 통화를 목청껏 하거나 새치기를 하는 행동을 보인다.

올곧은 정신을 버리고 세상을 새치기로 살아가는 사람을 어찌 향기롭다 하겠는가.

휘저을수록 혼탁해진다

흐르는 물에 글씨를 쓸 수 없고, 나부끼는 바람에 그림을 그릴 수 없으며, 흔들리는 마음을 멈추게 할 수 없다.

물은 흐르는 존재라는 걸 인정하고 바람은 나부끼는 존재라는 걸 인정하고 마음은 쉴 새 없이 흔들리는 존재라는 걸 인정해야 한다. 걱정과 번민도 물과 같이 흐르고 바람처럼 나부끼고 마음처럼 흔들리는 것이다. 그래서 그냥 지켜보아야 한다. 집착과 애착은 먼지 같은 것이어서 쌓이고 쌓여도 가치가 미미하다.

물과 바람과 마음은 휘저을수록 혼탁해진다. 가만 바라보고 조금 기다려야 한다. 그러면 물은 맑아지고 바람은 잠잠해지며 마음은 고요해진다.

뜨거운 햇살도
시원하다
8월

받지 않으면 내 것이 아니다

붓다께서 심한 욕을 하는 남자에게 물으셨다.

"그대가 누군가에게 물건을 주려고 하는데 그 사람이 받지 않으면 그게 과연 누구의 것이오?"

남자가 당연하다는 듯이 대답했다.

"내 것이지 누구의 것이겠소."

붓다께서 다시 물었다.

"그대가 내게 독설을 퍼부었지만 내가 그것을 받지 않았으니 그것이 누구의 것이겠소?"

남자는 조아리고 말았다.

사람들은 누가 욕하거나 싫은 소리를 하면 악착같이 잘도 받아먹는다. 받아먹지 않고 씨익 웃으면 그 욕은 뱉은 사람의 것이거늘.

10년 규칙

미국의 교육 심리학자 벤저민 블룸의 '10년 규칙(10year rule)'에 따르면, 예술, 과학, 스포츠 등에서 뛰어난 업적을 보여준 인물들에게는 크게 두 가지 공통점이 있다고 한다. 아이큐는 115에서 130 정도이고, 최고가 되기 위해 적어도 10년간 전력투구했다는 것이다.

또 다른 조사에 따르면 천재와 보통 사람의 뇌 용량은 비슷하다고 한다. 결국 천재는 전력투구했고 보통 사람은 '적절투구'했다는 게 전문가들의 주장이다.

성공하기 위해서는 '선택'과 '집중'이라는 두 마리 토끼를 잡아야 한다. 개성에 걸맞은 일을 선택하고 주어진 것에 10년 정도 전력투구하면 누구라도 꿈을 이룰 수 있다는 가르침을 기억하자.

잘 보려고 하다가는

여름 한철에 모기에 물려보지 않은 사람은 없을 것이다. 모기에 물리면 물린 자리가 가렵기 때문에 매우 짜증이 난다. 더욱이 모기가 미운 것은 눈에 잘 보이지 않기 때문이다.

만약 모기가 잠자리만큼 크다면 그렇게까지 밉지 않을 것이다. 그러나 모기가 잠자리만큼 크다면 물리는 순간 위험하거나 고통스러울 수가 있기에 두려울 것이다. 그렇게 생각해보면 모기가 작은 게 차라리 고마울 수가 있다.

내 복잡한 마음도 모기처럼 잘 안 보여서 짜증이 나고 힘겨운 것이다. 그렇다고 잘 보려고 너무 애를 쓰다가는 '살충제'가 필요할 수도 있다.

좋고 싫음과 옳고 그름

어느 날, 우리 집 마당에 나가보니 나뭇가지 사이에 꽃잠자리 한 마리가 거미줄에 걸려있었다. 살펴보니 여기저기 거미줄이 은밀하게 쳐져있다. 거미줄에 걸린 잠자리의 짝인지 근처의 나무 끝에 또 다른 잠자리 한 마리가 앉아있었다. 행여라도 그 잠자리까지 거미줄에 걸릴까 봐 빗자루로 사정없이 걷어냈다. 그러고 나서 아차 싶었다. 애써서 거미줄을 친 거미들은 어쩌란 말인가.

가만 생각해보니 내가 생김새에 따라 좋아하고 싫어한다는 걸 알았다. 내 눈에 거미는 싫은 모습이고 잠자리는 친근한 모습이었다. 사실 잠자리는 그냥 우리 마당에서 놀다 가는 것이고 거미들은 곳곳에 거미줄을 쳐놓고 파리와 모기를 해치우고 있는 고마운 곤충이었다.

잠자리와 거미뿐이랴. 근본을 보지 못하고 세상을 내 마음과 내 눈으로 판단하며 옳고 그른, 좋고 싫은 것으로 알았으니 이것이 진정 어리석음이 아니겠는가.

다독다독 다스리기

"마음은 쉬지 않고 나무 사이를 타고 다니는 원숭이와 같다. 그러므로 항상 마음을 안정시키고 달래주어야 한다."

부처님 말씀이다.

혈기 방자한 원숭이의 노는 모습을 보면 한시도 가만있지 못하고 이리저리 방정스럽게 군다.

사람의 생각은 오만 가지요, 뇌는 쉬지 않고 엄청난 중노동을 한다. 그러니, 정신 멀쩡한 사람의 마음도 늘 방정스러울 수밖에 없다.

뇌를 쉬게 하고 생각을 쉬게 하고 마음을 쉬게 하는 게 바로 '잠'이다. 잘 자기만 해도 뇌와 생각이 정리되는 것이다. 잘 자려면 방정스런 마음을 다독다독 다스려야 한다. 결코 쉽지 않지만 안 하는 것보다 하는 게 낫다. 마음을 중노동에서 경노동으로 바꾸어주지 않으면 내 마음이 지그시 쓰러진다.

생존하는 것들

모래바다라 일컫는 사하라사막을 여행한 적이 있다. 모래폭풍이 불면 아름드리 통나무 말뚝이 흔적조차 없어질 정도로 무서운 곳, 먹고 마실 게 하나도 없는 곳인데도 그곳에는 귀엽게 생긴 사막여우가 산다. 카메라를 가까이 대도 도망치지 않고 빤히 쳐다본다.

사막을 횡단하는 곡물 트럭이 달리면서 곡식이 바닥에 떨어지면 쥐가 따라가고 그 뒤를 뱀이 뒤쫓는다. 그리고 뱀을 쫓아 여우가 사막 깊숙이 들어간다. 사막에 들어온 여우는 모래를 파헤쳐 굴을 만든다. 밤낮의 기온 차이 때문에 굴 안에 물방울이 생기면 여우는 그 물에 목을 축이면서 혹독한 햇볕을 견뎌내는 것이다. 뱀과 쥐도 마찬가지다.

생존하기 위한 처절한 모습에 차라리 경건해질 수밖에 없다. 사람은 생존을 위해 더 치열하게 공부하고 일하고 인연을 맺고 간절하게 기도를 한다.

그것 하나만으로도 우리는 살아있는 모든 사람을 존경해야 한다. 특히 스스로를.

생각 바꾸기

택시 타기에는 가깝고 걷기에는 조금 먼, 애매한 거리를 걸어야 할 때가 종종 있다. 땡볕에 바람 한 점 없는 여름날, 그늘도 없는 길을 걸어가면 짜증이 나기도 한다. 어차피 가야 할 길이라면 생각을 슬쩍 바꾸어볼 필요가 있다.

햇살은 내 몸에 꼭 필요한 비타민 D를 만들어주고 땀은 내 피부에 있는 불순물을 버려준다. 또 걸으면서 조금이라도 좋아진 다리 근육은 내 몸을 보호해주는 면역세포를 만들어준다. 이렇게 생각하며 걷기를 즐기는 것이다. 그러면 간판 구경도 하고 사람 구경도 하는 여유까지 생긴다.

이렇게 생각을 바꾸면 짜증이 사라지고 스트레스가 해소된다. 생각 바꾸기가 잘되면 일상이 모두 고맙게 느껴진다. 그게 바로 지혜로운 사람 되는 법이다.

세상의 승자

세상을 빛나게 하고 사람들에게 존경을 받는 이들은 대개 남과 다른 생각을 하고 다른 행동을 한다. 그런 사람들이 결국 '세상의 승자'가 된다.

그러나 분명한 것은 남과 다른 생각과 행동이 남을 이롭게 하는 것이지 남을 불편하게 하는 게 아니라는 것이다.

다른 생각과 다른 행동이 자신의 뛰어남과 개성이라고만 여기며 남의 마음을 불편하게 하고도 미안한 줄 모르는 이를 가리켜 소인배라 일컫는다.

군자는 자신에게 엄격하고 남에게 너그럽지만 소인배는 자신에게 너그럽고 남에게 엄격하다.

빛나게 살지 않더라도 사람답게 살려고 애썼다는 소리를 들으면 그 인생도 승자의 인생이다.

쉬어야 멀리 간다

불과 30여 년 전까지만 해도 우리나라엔 '통행 금지(통금)'라는 게 있어서 밤 12시부터 새벽 4시까지 대문 밖을 나갈 수 없었다. 통금 시간에 붙잡히면 즉결심판을 받고 벌금을 내야 했다. 아파서 병원에 가야 할 때도 통금이 해제될 때까지 애타게 기다려야 했다. 지금 생각해보면 그 시절을 어찌 참고 살았나 싶기도 하다.

비유하건대 사람의 삶에도 좋든 싫든 어느 순간에는 쉬어야 하는 때가 있다. 세상에 해악을 끼치지 않고 질서를 지키며 의무를 성실히 이행하고 할 도리를 다하기 위해서는 삶의 '통금'이 필요하다.

인생은 도중에 그만둘 수가 없다. 마지막까지 반드시 갈 수밖에 없다. 가다가 통금을 만나면 쉬고 통금이 풀리면 부지런히 걸으면 된다.

쉼은 멀리 갈 수 있는 최고의 힘이다. 인생도 꼭 그러하다.

스트레스는 받아들인 후 떨치는 것

축구, 당구, 볼링, 골프, 야구 등의 차고 충돌하고 뛰고 던지고 받는 운동을 하면 스트레스가 꽤 많이 풀린다고 한다. 산이나 바닷가에서 크게 소리를 지르거나 달리기를 지칠 때까지 하는 것도 스트레스 해소에 큰 도움이 된다.

수렵시대에 짐승을 잡으려고 뛰고 던지고 쏘고 차고 때리던 유전자가 스트레스를 잡는 무기가 되었는지 모른다. 짐승을 덫이나 그물이 있는 곳으로 몰기 위해 소리를 지르던 유전자도 우리들 가슴을 풀어주는 것 같다.

스트레스를 받지 않으려고 애쓰는 것보다는 스트레스를 받았을 때 빨리 떨쳐버리는 게 오히려 건강에 좋다는 연구결과가 있다.

스트레스라는 외래어가 상용어가 되면서 자잘한 것까지 스트레스로 확대된 세상이 되었다. 울화, 가슴앓이, 화병이란 낱말만 존재한다면 분명 스트레스는 지금보다 적었을 것이다.

아, 스트레스의 주범은 바로 '내 생각'이다.

가시에 묻은 꿀

삶은 가시에 묻어있는 꿀을 빨아먹는 것과 비슷하다. 달콤함을 느끼자니 찔려서 아프거나 피가 나고, 참자니 상실감에 젖거나 세상을 질시하게 된다.

그 가시를 어머니의 젖꼭지처럼 만드는 방법이 왜 없겠는가. 사랑하고 용서하고 베풀면 되거늘.

좋고 나쁨은 내게서 온다

건달(乾達)은 불교의 건달바(gandharva)에서 유래했는데 제석천(帝釋天)에서 오로지 음악만 연주하는 신을 일컬었다고 한다. 불교가 성행하던 고려시대에 사찰마다 각종 의례에서 악기를 연주하던 건달바들이 불교가 기울던 조선시대에는 호구지책으로 이곳저곳 떠돌며 재주를 선보였다고 한다.

요즘은 건달이란 말이 통상 나쁜 의미로 쓰이고 있다. 본디 좋은 뜻이었지만 시대가 변하면서 부정적으로 변한 것이다.

사랑이 고뇌로 변하고 결혼이 비극으로 변하고 부부가 '웬수'로 변하고 이웃이 적으로 변하고 집이 감옥으로 변할 날이 올지도 모른다. 아무리 좋은 것도 사람들이 어찌 사용하는가에 따라 변한다는 걸 안다면 우리가 사는 방법을 조금 바꾸어야 하지 않을까.

쓰레기 관리

해마다 여름은 더 더워지고 겨울은 더 추워진다. 태풍도 전보다 그 강도가 심해지고 가뭄과 장마도 되알져졌다. 전문가들의 증언이 아니더라도 인간이 자연계를 상처내고 환경을 더럽혀서 지구가 몸살을 앓는 것이다. 그렇다면 지구 환경을 망가뜨린 책임은 누구에게 있을까. 통상 사람들은 '남 탓'을 하기 마련이다. 그러나 '남 탓'을 해서는 결코 자연 파괴를 막을 수가 없다. 내가 함부로 쓴 물, 내가 남긴 음식물, 내가 마구 쓴 종이, 거칠게 운전한 것, 아끼지 않은 전기, 생각 없이 버린 쓰레기 탓이다.

남의 탓을 하기 시작하면 더 큰 재앙을 불러오게 된다. 마음의 쓰레기는 마구 버리는 게 현명하지만 일상에서 쓰레기는 적게 만드는 게 현명하다.

인생의 블랙박스

비행기 사고가 나면 제일 먼저 찾는 것은 '블랙박스'다. 비행기의 운행 전반이 고스란히 들어있어서 사고 원인을 분석하고 재발을 막기 위해 없어서는 안 된다. 근래에는 자동차에도 블랙박스가 장착되어 운전자들에게 여러 가지 정보를 제공한다.

인생에도 블랙박스가 있다. 내가 먹고 생각하고 행동한 모든 것이 낱낱 기록되어서 지금의 내 모습을 수시로 보여주고 있다. 나의 건강 상태, 사랑하는 사람과의 관계, 우정의 모양, 주변 사람들의 품평, 성공과 실패의 원인과 결과…… 등이 블랙박스에 담겨 행복과 불행의 현주소는 물론이고 내가 살아가야 할 미래의 모습까지도 어느 정도 예측하게 한다.

인생의 블랙박스는 나보다 남들이 먼저 평가한다는 사실을 기억하자.

나는 늘 중앙이고 주인

한 한국인 예술가가 유럽에서 유명해지자 우리나라 신문에서 '변방에서 온 작가가 높이 평가받았다'라는 제목을 달았다. 한국이 정말 변방이고 구석에 있는 나라일까. 지구가 평면이라면 한가운데에 있는 나라가 중심이고 멀리 떨어져있는 나라를 변방이라고 해도 그만일 것이다. 그러나 지구는 둥글고 변방은 없다.

지정학적 위치나 기후, 생태계나 문명과 문화의 차이는 있을지언정 지구의 중심은 없다. 문제는 우리들의 의식이다.

꽤 오랫동안 침략당하고 조공을 바쳐서 그들이 주장하는 대로 우리가 변방인 척했을 수도 있다. 그러나 발해, 고구려, 백제, 신라, 고조선으로 거슬러 올라가보면 우리는 모두 거대한 나라와 당당히 맞서고 싸웠다는 사실을 알 수 있는데 왜 잊어버렸을까.

나를 구석지기라 생각하고 변방이라고 생각하는 한 우리는 변두리일 수밖에 없다. 우리가 생각하는 우리는 늘 중앙이고 주인이어야 한다. 주인은 겸손하되 무릎을 꿇지 않는다.

창의적 몰입

앵무새도 말을 할 수 있다. 그러나 제가 하고 싶은 말을 하는 게 아니라 가르치고 일러준 말만 한다.

그러나 어린아이는 말을 배운 뒤에 제가 하고 싶은 말을 하게 된다. 창의적 인간으로 발전할 수 있기에 무한한 가능성을 인정받는 것이다.

미켈란젤로는 가난한 정원사였다. 그가 퇴근 후에도 혼자 정원 손질을 열심히 하자 주인이 그 이유를 물었다.

"정원을 멋지게 가꾸는 게 제 할 일입니다."

주인은 그를 미술학교에 보내고 뒷바라지를 해주었다. 그 결과 그는 르네상스 시대 최고의 건축가이자 화가로 역사에 기록되었다.

광기가 섞이지 않은 위대한 재능은 없다. 그 광기에는 반드시 창의적 집중이 필요하다.

스스로 살아남는 힘

성공한 사람들 중에는 유별나게 '신문배달 소년' 출신이 많다. 1950~70년대 가난이라는 질곡은 어린 소년들을 돈벌이로 내몰 수밖에 없었는데, 요즘 말로 아르바이트 자리는 거의 없었다. 새벽의 신문배달 아니면 이른바 '아이스케키통'을 메고 다니며 장사를 하는 게 고작이던 시절이었다.

좀 더 나이가 들어 공부깨나 하면 국비로 공부하는 사관학교나 교육비가 적게 드는 사범대학을 선호하기 마련이었다. 그중에서도 실력 있는 학생들은 가정교사로 학비나 생활비를 조달했지만 그것이 여의치 않으면 '쪽박 차고 대학 다니는 신세'를 면키 어려웠다.

고생을 많이 한 사람이 출세하던 시절이라 '젊어 고생은 사서 하고', '개천에서 용 난다' 하였다. 그리운 것은 가난과 시련이 아니다. 그것을 이겨내던 '자존심 철철 넘치는 자생력'이다.

8월 18일

살짝만 바꾸면

해마다 이 무렵이면 극성스런 매미소리가 무더위만큼이나 되알지다. 우리 집 마당의 소나무에도 매미가 집을 지었는지, 귀가 따가울 만큼 울음소리를 질러댄다. 너덧 마리가 한꺼번에 합창이라도 하면 방공호로 피신을 해야 할 지경이다. 원고가 잘 써지거나 책 읽는 게 재미있을 때는 으레 그러려니 하지만, 글이 안 써지고 책 내용이 머릿속으로 들어오지 않을 때는 짜증이 만발하게 된다. 마당에 나가 살펴보지만 잘 보이지 않고, 나무를 흔들어 쫓아보아도 그때뿐이다.

매미소리보다 내 집중력이 클 때는 상관없다는 걸 알아챈 나는 얼른 생각을 바꾸어본다.

"매미가 저리 울어대는 것은 7년 동안 땅 속에 있다 나와서 짧은 시간 동안의 생식을 위해 애타게 구애하며 '사랑하고 싶다구요'라고 애절한 사랑가를 부르는 것이다."

이렇게 생각하자 녀석들이 가여워 보이고 애틋해 보인다. 생각을 살짝만 바꾸어도 마음이 가벼워지고 짜증이 사라진다.

마음속의 악당

동화작가가 정성으로 동화책을 출간해도 잘 안 팔리자 작가의 자녀가 "아빠의 동화에는 악당이 없어서 재미가 없다"라고 했다는 소리를 듣고 무릎을 친 적이 있다.

드라마에 악당이 없으면 재미가 덜하기 마련이다. 우리의 3대 고전소설이라고 할 수 있는 『춘향전』『흥부전』『심청전』을 떠올리면 더욱 쉽게 짐작할 수 있다.

『춘향전』에서 변학도가 없으면 재미는 반감될 수밖에 없을 것이다. 『흥부전』에서 놀부가 없다면 책을 덮을 사람이 많을지 모른다. 『심청전』에서 뺑덕어멈이 없다면 싱거웠을 것이다.

인간 세상에 악당이 의외로 많다. 악당 때문에 선량하고 좋은 사람들이 더욱 빛나는지 모른다.

사람 몸속에도 악당이 많다. 병균 때문에 우리 몸의 정상 세포들이 더욱 힘이 세지는 것이리라.

내 마음속에도 악당이 많다. 그런데 마음속의 악당은 처단할 수 있는 게 아니기 때문에 악당을 '순둥이'로 바꾸는 작업을 해야 한다. 살살 달래면 제풀에 순둥이가 된다.

보통이 귀한 세상

행복도 조사를 하면 한국인의 행복지수가 무척 낮은 것으로 나온다. 그 이유 중에 하나가 대한민국이 '보통'을 무시하고 '특별'을 유난히 좋아하기 때문인지 모른다.

대한민국에는 특제품, 특별할인, 특대형, 최고, 최우수가 어지럽게 존재한다. 최고위원 위에 최고위원 대표가 있고, 회장은 1명인데 부회장은 수십에서 수백 명이 되기도 한다. 여러 명의 공동 대표가 있고 또 상임 대표가 있고 웬만한 조직은 총무를 사무총장으로 격상시켜버렸다. 특별위원회와 특별보좌관이 수두룩하고 VIP면 족한데도 VVIP가 생겼으니 머잖아 VVVIP가 생길 것 같다.

특별한 걸 특별하다고 해야지 보통을 특별하다고 우기기 시작하면 그 사회는 동맥경화증에 시달리게 된다. 보통 사람이 대우받는 세상을 위해서라도, 보통 사람이 대한민국의 진짜 주인이라는 걸 인정하기 위해서라도 보잘것없는 게 굳이 '특별한' 것으로 포장되지 않는 세상을 꿈꾸어보자.

마음 비추어보기

사람의 마음은 온 우주가 들어갈 수 있을 만큼 한없이 넓어지기도 하지만, 어느 순간 티끌 하나도 들어갈 데가 없을 만큼 좁아지기도 한다. 세상을 한입에 집어삼킬 만큼 용감무쌍하다가도 찰나에 송사리가 악어인 줄 알고 잔뜩 겁에 질려 벌벌 떨기도 한다. 사람들은 자신의 얼굴이나 몸을 거울에 비추어볼 수 있지만 자신의 마음은 비추어보기 어렵다.

마음이 하나가 아니고 변덕스럽기 때문이다. 마음은 본디 모양이 없는데 사람이 그 모양을 꽃처럼 만들기도 하고 가시철망처럼 만들기도 한다. 더러는 맑은 물처럼 만들었다가 느닷없이 독극물로 바꾸기도 한다.

바람은 눈에 보이지 않지만 느낄 수 있다. 마음도 눈에 보이지 않지만 볼 수 있다. 나뭇잎이 흔들릴 때 바람을 느끼듯, 마음의 숫자를 줄이면 내 마음이 훤히 보인다.

자꾸 퍼내야 한다

붓다가 6년 동안 고행한 전정각산 아래 불가촉천민들이 사는 둥게스와리는 척박하고 물조차 귀한 곳이다. 오래전에 목숨줄인 우물을 매우 깊게 파서 어렵게 식수를 구했다. 그러나 우기에 마을의 온갖 쓰레기가 우물을 덮쳐 우물은 거대한 쓰레기통으로 변하고 콜레라 발원지가 될 정도로 더러워졌다. 법륜 스님이 그런 사정을 알고 마을에 1백여 개의 핸드펌프를 설치해서 깨끗한 물을 마실 수 있게 해주었다.

우물은 바싹 말랐는데 우물에서 40미터쯤 떨어져있는 둠벙은 더럽지만 오리가 물장구치고 소와 돼지가 목을 축였다. 마을 사람들이 우물물을 퍼 마시지 않으면서 물구멍이 절로 막힌 것이다. 마른 우물은 우리에게 '마음도 자꾸 퍼내지 않으면 말라버린다'는 걸 명징하게 가르쳐주었다.

웃음을 퍼내면 큰 웃음이 쏟아지고 사랑을 퍼내면 큰 사랑이 모아지고……. 적어도 배고프고 아프고 배우지 못한 이에게 우리는 마음을 자꾸 퍼내야 한다.

유령진동증후군

휴대전화가 분명 드르륵 드르륵 진동해서 열어보았는데 전화 온 데가 없는 경우가 있다. 유령진동증후군이라고 한다. 실제로 휴대전화가 진동한 것이 아니라 자신의 기대나 습성, 또는 관성 때문에 그런 착각이 드는 것이다. 무의식 속에서 전화를 기다렸거나 그 시각쯤에 전화 올 데가 있는 경우에 유령진동현상이 생긴다.

막연히 하루 운세를 보고 오늘은 기분 나쁜 날이라고 생각하면 괜히 하루를 손해 볼 수밖에 없다. 그러나 그냥 오늘은 왠지 좋은 일이 생길 거라고 기대하면 하루를 즐겁게 보낼 수 있다.

날마다 기분 좋은 마음진동증후군을 스스로 만들어야 한다. 결국 세상은 그런 사람의 것이 된다.

옭매인 것들

어렸을 적에 어머니가 이부자리를 꿰매다가 호기심 가득한 눈으로 바라보던 내게 바늘과 실을 주었다. 엉거주춤 어설프게 바느질을 하느라 더러 손가락을 찔리기도 했다. 그 덕에 나는 군대 시절 동기생들의 명찰을 달아주고 뜯어진 군복을 꿰매주곤 했다. 지금도 더러더러 바느질을 할 때가 있다.

어머니는 바느질을 한 뒤에 남은 실을 옭매어두지 못하게 했다. 사람은 사소한 일로 옭매이는 경우가 많다며 무엇이든 사람끼리는 옭매지 말고 풀어놓아야 한다고 가르쳤다.

티베트 속담에 친구는 백 명이라도 모자라지만 적은 한 명이라도 많다고 했다. 사람이 옭매이는 건 거개가 가까운 사람이다. 바늘 끝이 두 개면 옷을 꿰맬 수 없듯이 마음이 두 가닥이면 사방에 적을 만들게 된다.

실은 옭매야 옷을 꿰매지만 사람은 옭매인 걸 풀어야 한다.

마음의 과학은 지혜

어린 시절, 성당 부설 유치원에 다닐 때 아이들이 "아담의 갈비뼈를 빼내어 이브를 만들었기 때문에 남자는 여자보다 갈비뼈가 적다"고 하는 말을 그대로 믿었다. 뿐만 아니라 남자의 목에 불룩하게 올라온 목울대는 이브의 꼬드김에 속은 아담이 금단의 열매를 먹다가 목에 걸린 것이라는 말도 철석같이 믿었다. 그래서 어린 마음에도 남자로 태어나길 잘했다고 생각했다.

철이 들어서야 그 아이들이 했던 허무맹랑한 얘기의 진실을 알게 되었다. 남녀에게는 똑같이 12쌍 24개씩의 갈비뼈가 있고 남자의 목울대가 솟은 것은 남성 호르몬 때문이란 걸 알고, 어찌 웃지 않을 수 있었으랴.

과학의 발달로 그런 속설은 단박에 정리가 된다. 그러나 내 마음속의 갖가지 속설들은 정돈하기 쉽지 않다. 마음의 과학은 지혜다.

내 마음속 묵은 것들

평소에는 잘 모르다가 이삿짐을 쌀 때, 그때그때 버리지 못하고 끌어안고 사는 게 너무 많다는 걸 새삼 깨닫는다. 진작에 떠나보냈으면 필요한 사람들에게 유용했을 것이 꽤 많다는 것도, 충동구매한 것 중 대부분은 효용가치가 적다는 것도 알게 된다.

남자들은 철 지난 넥타이가 언젠가 유행이 되돌아오겠거니 하고 여자들은 작아진 옷이 언젠가 몸에 맞겠거니 하지만, 그게 어디 내 마음대로 되겠는가.

내 마음속에는 묵은 것이 더욱 많다. 진작에 버렸어야 할 찌꺼기들을 끌어안고 살아서 내가 나를 괴롭히고 고약한 냄새마저 풍긴다.

그런 냄새를 나는 잘 맡지 못하고 남은 쉽게 맡는다.

난향천리 인덕만리(蘭香千里 人德萬里), '난향은 천리를 가고 사람의 덕은 만리를 간다'라는 말을 새겨보자.

즐겁고 재미있어야 한다

운동은 부담스럽게 하거나 억지로 하는 게 아니다. 즐겁고 재미있게 하는 것이다. 한두 정거장 걸어갈 때 따라온 햇볕에 짜증을 내지 말고 지금 비타민 D를 맛있게 먹고 있구나, 근육이 강화되고 면역력이 늘어나니 얼마나 좋은가, 하고 생각하면 그게 곧 좋은 운동이 된다.

샤워도 몸을 깨끗하게 할 뿐 아니라 운동이 된다고 생각해보자. 손발을 움직이는 것은 팔다리 운동이고 수건질은 몸의 유연성 운동이라고. 그러면 어찌 건강하지 않고 배기랴.

마음의 온도, 습관의 질, 꿈의 크기

성공한 사람 1천 명을 선정해서 추적 조사한 결과 그들의 특징은 다음과 같았다고 한다. 첫째, 정열 지수가 높아서 주어진 일에 살짝 미친 듯 열정적으로 몰입했다. 둘째는 좋은 생각, 좋은 습관, 좋은 성격을 가졌고 올바른 행동을 했다. 셋째는 무슨 일을 하든 목표 의식이 매우 높아서 꿈의 크기가 컸다.

흔히 돈, 학력, 집안, 인맥 따위가 성공을 좌우한다고 생각하기 쉬운데 실제는 그렇지 않다는 걸 밝혀낸 것이다.

인생은 메아리 같은 것이다. 메아리는 내가 보낸 대로 돌아오는 것이므로 어느 방향, 어느 곳에 어떤 소리로 보내는 게 더 큰 메아리가 되는지를 파악해야 한다.

정열적인 사람은 부지런하고, 좋은 습관을 가진 사람은 두루 어울려서 좋은 인연을 맺고, 목표 의식이 높은 사람은 실패를 발판으로 삼기 때문에 성공할 가능성이 높다.

아름다운 발

〈세상에서 가장 아름다운 발〉이란 사진 제목을 보며 담백 웃었다. 발가락이 변형된 기이한 발의 주인공은 세계적인 프리마 발레리나 강수진 씨였다. 뒤틀리고 옹이 박힌 오래된 나무 같은 발가락이 정녕 가장 아름다운 건 발 생김새가 아니라 거기에 스며있는 열정과 고통과 인내와 고독이 주는 감동 때문이다.

그녀가 춤출 때 우리는 그녀의 발가락을 보는 게 아니라 그 발가락으로 우뚝 선 그녀의 열정과 고통과 인내를 읽는다.

연습하는 사람

명품 바이올린을 만들려면 고산지대에서 온갖 풍상을 겪으며 자란 나무를 사용해야 갈라지지 않고 소리도 좋다고 한다.

시련을 딛고 일어선 사람이 품격을 갖추게 된다는 것은 역사가 증명하고 있으며 현재도 그러하다.

명품 바이올린은 연주할 때만 팽팽하게 현을 조이고 쉴 때는 느슨하게 풀어놓아야 한다.

사람도 그렇다. 일할 때는 정열적으로 하다 쉴 때는 아주 느긋해야 한다. 바이올린의 현을 자주 당겼다 풀었다 하는 사람이 명연주자가 된다.

인생은 연습을 자주 하는 사람에게 박자를 맞추어준다.

세상은 시련을 딛고 일어나 정열적으로 살며 부단하게 세상을 개척해나가는 사람의 이름을 빛나게 해준다.

주인 된 삶

세상을 살아간다는 것은 사람과 사물에 얽혀지거나 얽매인다는 것이다. 사람과 사물에 끌려가는 것은 머슴살이이고 사람과 사물을 끌고 가는 것은 주인 된 삶이다.

머슴살이는 일어나지 않은 일을 미리 걱정하고, 지나간 것을 아쉬워하며, 내가 옳고 남이 그르다는 생각에 젖어 화를 잘 내고, 자기가 잘나지 못했다고 괴로워하며, 주는 것보다 받는 게 많기를 바라고, 애쓰지 않고 많은 걸 얻고 싶어 하는 삶이다.

주인 된 삶은 닥친 일을 가볍게 마음으로 벼리고, 지나간 것은 추억으로 삼으며, 옳고 그른 게 아니라 서로 다르다는 걸 인정하고, 세상에 하나뿐인 내가 존귀한 걸 알며, 받기보다 주는 걸 즐기고, 많이 가지려면 부지런하고 애써야 한다는 걸 이해하는 삶이다.

머슴살이는 스스로 눈칫밥을 먹는 것이고, 주인 된 삶은 스스로 잔칫상을 차리는 것과 같다.

씩씩하게도
여물어가네
9월

머리를 숙이는 마음

인도네시아 바타족의 전통 가옥은 방문이 작아서 누구라도 머리를 숙이고 들어가야 한다. 그 집에 사는 사람에게 예의를 지키라는 뜻이라고 한다. 집 안에 어른이 있건 아이가 있건 존중해야 한다는 것이다. 그 집에 들어가는 문은 오직 그 작은 방문밖에 없다.

나는 그것이 나갈 때도 세상에 존재하는 모든 것에게 머리를 숙이라는 의미라는 생각이 들었다. 땅과 햇빛과 물과 열매와 곡식뿐만 아니라 짐승과 물고기와 풀한테도 고맙다는 표시인지 모른다.

우리는 남의 마음에 들어갈 때 머리를 숙이고 들어가는 마음 자세를 생각해볼 때가 되었다.

위대한 존재

스승의 가르침을 받으러 가서 3일 동안 말 한마디 하지 않는 '묵언 수행'과, 깨어있는 18시간 중 13시간 30분 동안을 가부좌 상태로 등을 바닥이나 벽에 기대지 않고 명상을 했다. 발과 다리가 저리다가 엉치와 허리가 끊어질 듯 아프다가, 송곳이나 무딘 칼날로 온몸을 찌르는 듯이 고통스럽다가, 종내 내 몸이 폭발할 것만 같은 지독한 통증에 시달렸다.

하루 두 끼뿐인 식사는 밥 세 숟갈 정도에 두부 섞은 강된장 한 숟갈에 단무지 반 조각이 전부였다.

하루만 명상을 해도 알게 된다. 배고픈 이의 심정과 장애인의 고통과 움직일 수 있는 것만도 어마어마한 자유라는 걸. 더구나 살아있고, 고통을 느끼고, 침묵하고 기다리면 아픔이 가신다는 걸 아는 것만으로도 내가 얼마나 위대한 존재인가를 깨닫게 된다.

바람구멍

모진 태풍이 휩쓸고 지나간 뒤에 산에 오르니 아름드리나무들이 처참하게 쓰러져있었다. 그런데 신기하게도 높은 나무 꼭대기쯤에 있는 까치집은 멀쩡했다. 그 매서운 태풍에도 까치집이 무너지지 않은 것은 바로 바람이 통과할 수 있도록 얼기설기 지었기 때문이다.

태풍이 지나가는 바람골이라는 제주도 우도에 있는 밭에는 가벼운 현무암 돌을 얼기설기 쌓아 올린 담장이 많다. 밭을 일구다가 캐어낸 돌을 농부들이 얼기설기 쌓아 담장을 만든 것이다.

태풍이 모질게 지나간 뒤에 가보니 시멘트 담장이 무너진 곳은 있어도 현무암으로 대충 쌓아 올린 담장이 무너진 곳은 없었다. 그 역시 바람구멍 때문이었다.

사람도 마음에 바람구멍을 얼기설기 만들어놓아야 한다. 욕이나 싫은 소리나 미움, 화, 걱정 따위가 솔솔솔 빠져나가게 해야 한다. 나를 위해서.

실수하는 사람들

강연하면서 청중들에게 가장 반응이 좋았던 것은 내가 실수했거나 부끄러웠거나 실패한 이야기를 했을 때다. 사람들은 누구나 부끄럽거나 실수한 걸 감추고 싶어 하기 마련이다. 그러나 남의 실수나 부끄러운 이야기는 은근히 듣고 싶은 게 또 사람의 마음인 것 같다.

누구나 살면서 실수를 하기 마련이다. 오늘의 내가 존재하는 것은 성공과 자랑스러운 것들 때문만이 아니라 부끄러운 실수들을 딛고 살아왔기 때문이기도 하다.

부끄러운 실수는 인간적인 것이지 바보스러운 게 아님에도 나부터 감추고 싶어 한다.

자기 실수를 스스럼없이 말할 수 있는 사람이라야 상대의 실수도 이해할 수 있고, 서로의 실수를 이해할 수 있는 사람들이 동반자가 된다.

있을 때 잘해

지갑, 반지, 목걸이, 시계 따위를 잃어버리면 몹시 아깝다. 지니고 있을 때는 잘 모르지만 잃어버리면 그때서야 몹시 귀하게 여겨진다.

휴대전화를 잃어버리면 그 가격 때문에 아까워하기보다는 휴대전화의 효용가치와 거기에 저장된 연락처와 여러 사연들 때문에 당황하게 된다.

만년필로 원고를 쓰는 나는 손때 묻어 내 손에 익숙한 만년필을 잃었을 때, 꽤 오랫동안 마음이 불편하다. 새 만년필이 글쓰기에 익숙할 만큼 촉이 닳아 유연하게 쓰이려면 몇 달이 걸리기 때문이다.

나와 가까웠던 물건을 잃어도 그리 서운하고 아쉬운데 나와 가까웠던 사람을 잃으면 어떠하겠는가.

'있을 때 잘해'란 말은 농담이 아니다. 진담으로 새겨듣는 게 좋다.

좋아하는 일을 하자

강연이 끝나고 더러 청중들의 질문을 받는 경우가 있다. 별의별 질문이 있지만 그중에 빠지지 않는 질문은 대략 이런 것들이다. "소설가, 방송인, 시민운동가, 국회의원, 교수 등 다양한 분야에서 성공한 이유가 무엇인가." "아이들이 크면서 부모의 말을 듣지 않고 진로를 결정하려고 하는데 불안하고 걱정스럽다." "지나온 삶을 뒤돌아보니 후회가 많은데 어찌하면 좋은가."

하나같이 쉬운 이야기가 아니다. 그러나 나는 되도록 간결하게 이야기할 수밖에 없다. 몇 날 며칠 토론해도 쉽게 해답을 찾기 어렵기 때문이다.

"좋아하는 일을 하면 성공하기 훨씬 쉽다."

"자녀가 좋아하는 것을 하게 하라."

"좋아하는 것을 지금부터 만들어라."

우리는 어려서부터 남의 시선에 너무 매어 살았다. 남의 눈치를 많이 보면 창의성과 도전 정신을 상실하기 쉽다.

눈물의 효용

젊은 시절 한때, 우울하거나 슬프거나 화를 가라앉히지 못할 때는 슬픈 영화를 보러 다닌 적이 있었다. 슬픈 영화를 보면 유달리 눈물을 많이 흘리기 때문에 같이 관람한 사람의 놀림감이 되기도 했다. 영화 보는 횟수가 많이 줄었지만 더러 TV 화면으로 보다가도 눈물을 철철 흘리기도 한다.

미국 미네소타주 램지 재단의 '알츠하이머 치료연구센터'가 연구한 바에 의하면 남성보다 여성의 평균수명이 긴 이유 중에 하나가 남성보다 여성이 잘 울기 때문이라고 한다. 여성은 남성보다 5배나 잘 울고 여성 83퍼센트와 남성 73퍼센트는 실컷 울고 난 뒤에 심신 상태가 호전되었다고 한다.

그렇구나. 나에게는 자주 웃어주는 게 좋고 남을 위해서는 울어주는 것이 건강에도 좋고 가치 있는 것이구나.

조금이라도 나아가는 삶

내가 어렸을 적에 어른들은 곧잘 "걸어 다녀야 사람다운 거다"라거나 "살아있으면 걸어야 한다", "안 걸으면 죽는다"라는 말을 했다.

우리는 이 말을 막연히 부지런해야 한다거나 일을 해야 한다거나 심부름 따위를 잘하라는 가르침쯤으로 알았다.

철들어 생각해보니 걷는다는 건 '앞으로 나아가는 행위'를 총칭했다는 걸 알 수 있었다.

열정이란 끊임없이 시도하고 부단하게 저질러보는 것이다. 인생은 멈추는 것이 아니라 반 발자국이라도 앞으로 나아가는 것이다.

그리고 가끔 뒤돌아보아야 한다. 내가 얼마나 멀리 왔는지를 알면 앞으로 나아갈 수밖에 없다는 걸 알게 될 것이다.

편안한 템포로

지위가 높거나 나이가 많을수록 상대방의 관점에서 생각하는 게 부족하다는 연구 결과를 보면, 내 생각이 옳고 내 방식이 정당하다는 확신은 남을 불편하게 하는 도구가 될 수도 있다는 걸 알 수 있다. 복잡다단해진 현대를 살아가기 위해선 더불어 사는 지혜를 터득해야 한다. 그러기 위해 적어도 대화, 소통, 협상의 단계적 지혜를 적용해봐야 한다.

대화는 서로 높고 낮음이 없는 친밀도를 전제로 해야 하고, 상대의 말을 들어주려는 노력을 해야 한다. 소통은 옳고 그름을 따지는 게 아니라 서로 차이가 있다는 걸 인정할 때 가능하다. 협상은 상대의 관점을 인정하고 그의 주장을 넉넉하게 받아들일 수 있을 때 가능하다.

아무리 그래도 잘 풀리지 않을 때가 많다. 그게 인간사이자 세상의 이치이다. 그럴 때마다 적절하고 편안한 정도의 템포인 안단테(andante, 음악에서 악곡의 빠르기를 지시하는 말로 '걸음걸이 빠르기로'를 나타낸다)를 떠올려보기 바란다.

소통의 비결

지리산 깊은 산골에 있는 작은 암자인 상선암에는 홀로 암자를 지키는 스님이 있다. 스님은 오른손 손가락을 모두 불사르는 연비를 할 만큼 오직 불법에만 정진하고 있다.

새벽 예불을 올린 스님이 그릇에 곡식과 열매를 담아 들고 마당에 나가니 산새들이 날아와 채고 다람쥐가 물고 달아나곤 했다. 스님은 연신 말했다.

"잘 잤어?" "심심하지 않았지?" "아픈 데는 없고?" "배고프지는 않은 거지?"

짐승이 그 말을 알아들을 리 없을 텐데도 스님은 계속 말을 시켰다. 매번 그런 모습을 보던 나는 어느 날 스님에게 물었다.

"스님, 재네들하고 말이 통해요?"

"깊은 산중에서 홀로 1년만 살아보세요. 다 통합니다."

스님이 하는 말을 유심히 살펴보니, 스님은 듣고 싶은 말을 거꾸로 하고 있었다.

나와 내가 통하면 세상에 소통하지 못할 게 없다는 걸 말하고 있었다.

숫자와 운세

우리나라 사람들은 숫자 '4'를 꽤 싫어하는 편이다. 한자의 죽을 사(死) 자와 발음이 같기 때문이다. 그래서 건물의 4층을 F층으로 표기하거나 4호실을 없앤 곳도 있다. 대신 행운의 숫자 '7'을 좋아하는 편이다. 중국은 숫자 '8'을 유달리 좋아해서 '8'자가 연속 들어가는 자동차 번호판이 엄청나게 비싼 가격으로 낙찰되기도 했다. 서양에서는 '13일의 금요일'을 액운이 드는 날로 인식한다. 그런 날에는 비행기도 타지 않고 바깥나들이도 하지 않는 사람까지 있다고 한다.

근자에 휴대전화 번호나 주민등록번호가 그 사람의 운명을 좌우한다며 번호를 바꾸게 하거나 비책을 일러주는 직업도 생겼다. 심지어는 아파트의 동 호수가 나쁘다며 이사를 주선하거나 묘지의 지번이 나쁘다는 이유를 들어 이장을 하게 하기도 한다.

숫자는 그냥 숫자일 뿐이지 숫자가 내 운명을 거머쥐고 있는 건 결코 아니다. 숫자나 운세의 노예로 사는 건 어리석은 일이다.

너그러운 여유

시골의 한적한 지방도로변에 "맛없으면 고발하세요"라는 현수막을 걸어놓은 음식점을 보았다. 밥 먹을 때가 되었기에 속는 셈치고 음식점으로 들어갔다. 정말 고발해도 되냐니까, 맛없으면 음식 값도 내지 말란다. 음식은 정갈하고 맛깔스러웠고, 맛보기로 이것저것 얹어주기도 했다. 주인 내외의 친절과 상냥함만으로도 밥값은 아깝지 않았고 오히려 싸다고 느낄 정도였다.

평생 친구처럼 지내는 신부님이 사제관 마당에 묶여있는 수캐를 풀어놓았더니 동네를 싸돌아다니면서 암캐들과 연애를 했다. 참다못한 마을 부녀자 대표를 비롯한 목청 큰 사람들이 사제관을 찾아와 항의를 했다. 신부님은 정중하게 예의를 갖추어 그들을 맞아들인 후 이렇게 말했다.

"나만 수절하면 됐지 개마저 수절해야 합니까?"

사람들이 벽이 허물어질 듯이 웃으며 돌아갔다.

이런 여유로움이 우리 땅에 가득했으면 참 좋겠다.

하루에 5분

적은 나이가 아닌데도 20대 같은 몸매와 말끔한 피부를 가진 여성이 비법을 묻는 친구에게 이렇게 말했다고 한다. "욕실 앞에 전신 거울을 두고 샤워할 때마다 자신의 온몸을 세밀하게 관찰해봐. 그러면 스스로 음식도 조절하게 되고 스트레칭은 물론 운동을 규칙적으로 하게 돼."

운동을 지속적으로 하지 않는 것은 재미가 없고 단순하기 때문인데 목표가 정해지면 습관처럼 할 수 있게 된다. 자기 몸매를 관찰하고 관리하게 되면 잔병치레를 하지 않게 된다. 그러면 절로 젊은 모습을 유지하게 되는 것이다.

마음도 마찬가지다. 내 마음의 모습을 관찰하려면 매일 5분 정도만이라도 눈을 지그시 감고 명상을 해야 한다. 그러면 자기 마음이 조금씩 보이기 시작한다. 내 마음이 보이기 시작하면 '마음 만들기'는 그리 어려운 게 아니다.

최고가 되고 싶다면 최고처럼

최고가 되고 싶으면 최고처럼 고뇌하고 최고처럼 고통을 이겨내고 최고처럼 행동하라.

보석이 찬란하고 비싼 것은 희귀해서가 아니라 모질게 갈고 다듬어지는 고통을 견디었기 때문이다. 지금 내게 주어진 고통은 훗날 근사한 추억이 되고 남에게 감동적인 이야깃거리가 된다.

생각만 슬쩍 바꾸면 내가 바뀐다

나의 첫 직장은 한센병으로 고생하는 사람들을 돕는 기관이었다. 처음에는 겁이 났지만 나중에는 지나치다고 할 만큼 그들과 잘 어울렸다. 우리나라에서 한센병의 최고 전문가로 알려진 연세대 의대 유준 박사가 내 행실이 걱정스러웠던지 한센병 환자들의 치료제인 DDS를 처방해주어 6개월간 복용했다.

2년 후에 퇴직하고 그때의 경험을 토대로 한센병 환자가 주인공인 장편소설 『해방 영장』을 쓰기 시작했다. 그런데 갑자기 온몸이 가렵고 붉은 반점이 생겼으며 긁어서 생긴 상처가 덧나고 입술 주위가 헐기도 했다. 덜컥 겁이 났다. 증상이 영락없이 한센병 같기만 했다. 약을 바르고 먹어도 소용없고 온천에 가고 용하다는 피부과에 다녀도 점점 심해지기만 했다. 불안하고 두려워 초조해하면서도 진찰을 받을 엄두를 내지 못하고 끙끙 앓기만 했다.

6개월 만에 탈고하고 출판사에 원고를 넘겼다. 희한한 건 그날부터 가려움이 멎고 반점이 사라지기 시작하더니 어느 새 피부가 전처럼 멀쩡해졌다. 환자 이야기를 쓰면 나도 환자처럼 변하고, 사랑 이야기를 쓰면 내 표정이 밝아지고, 슬픈 이야기를 쓰면 내가 어두워지는 걸 알게 되었다.

아, 생각만 슬쩍 바꾸면 내가 바뀌는 거구나. 그것도 공짜로 바뀌는 거구나.

영조의 장수 비결

자료 조사할 일이 생겨서 조선시대의 평균수명을 뒤져보았으나 연구 자료가 별로 없었다. 나라에서 호구 관리는 했지만 사람의 수명에 대한 조사 같은 건 하지 않은 것 같다.

그나마 조선시대의 왕들에 대한 수명 기록은 남아있어서 응용 자료로 이용되고 있는데, 조선조 왕들의 평균수명은 47세쯤으로 알려졌다. 좋은 음식과 갖가지 대우를 받은 것 치고 오래 살았다고는 할 수 없는 수치이다.

그런데 눈에 띄는 것은 영조의 세수가 83세였다는 점이다. 왕은 하루에 수라상을 통상 다섯 번 받는데, 영조는 세 끼로 줄였고 백성들이 먹는 잡곡밥에 채식을 즐겼다고 한다.

백성을 생각하고 소박하게 살았기에 장수할 수 있었다는 후세의 평가를 오늘을 사는 사람들이 귀담아들었으면 한다.

오래 사는 것보다 중요한 것

비행기를 타고 가다가 더러 기체가 요동치거나 착륙할 때 어질할 때가 있다. 그럴 때마다 기분이 좋지 않다. 이렇게 과학이 발달했는데 어째서 승객들에게 특수한 낙하산 같은 걸 지급하지 않는지 궁금했다. 또 비상시에는 전투기 조종석처럼 버튼만 누르면 승객도 탈출하도록 비행기의 구조를 바꾸면 어떨까 하는 생각도 했다.

전문가 이야기로는 현대 과학기술로 가능하지만 그러려면 막대한 투자를 해야 하고 비행기 탑승 비용이 상당히 높아져야 한다는 것이다. 더구나 사고율이 가장 적은 게 비행기이기 때문에 그런 투자를 하지 않는다고 했다. 그러나 머잖아 깜짝 놀랄 만한 안전장치로 지구촌 곳곳을 이웃마을 드나들 듯 할 날이 올 거라는 게 전문가들의 예측이었다. 옛 어른들 말이 떠오른다. "사람은 오래 살고 봐야 한다."

그러나 오래 사는 것보다 건강하고 잘 사는 게 훨씬 낫다는 걸 잊으면 안 된다. 잘 사는 데는 비용이 많이 들지 않는다. 지금 가진 걸 잘 사용하면 되는 것이다.

쓰다듬어주기

마음이 맑고 고운 여자 한의사에게서 내 가슴을 자박자박 두들기는 문자메시지가 날아왔다.

'피부는 뇌와 동창생이자 하나의 장기 기관과도 같다. 만져주지 않으면 아기에게 젖을 안 주는 것과 똑같은 결핍이 된다.'

어머니가 아이의 아픈 배를 자꾸 쓰다듬어주면 배탈이 낫는 이치가 바로 그런 것 같았다. 옛 어른들이 부부는 무조건 한방을 써야 한다고 가르친 뜻도 알 것 같았다. 현대의학의 각종 실험에서도 스킨십의 여러 가지 치유 효과가 입증되고 있다.

육신의 스킨십보다 더 필요하고 효용 가치가 있는 것이 마음의 스킨십이다. 비록 멀리 떨어져있어도 내 마음을 자꾸 쓰다듬고 상대의 마음을 쓰다듬으면 결핍을 가볍게 면할 수 있는 것이다.

사람을 가리기 전에

살다 보면 소갈머리 없고 성미 고약하고 제 실속만 채우고 남의 사정을 봐주지 않는 사람을 만나는 경우가 있다. 그래서 예부터 소인배를 멀리하는 것 또한 지혜라 했다.

가까워지면 불손하고 멀어지면 원망하는 사람이 곧 소인배다.

유가에서 소인은 간사하기 그지없는 자[姦], 마음이 흉악한 자[凶], 제 이익 챙기느라 계산이 빠른 자[計], 성정이 독한 자[毒]인데 이 중에 하나만 해당되어도 상종하지 말라고 했다.

먼저 나를 살펴봐야 한다. 다른 사람이 나를 어찌 판단할지를 생각해야 한다. 그러면 절로 내 인격을 업그레이드시키는 지혜를 얻게 된다.

적당하면 맛있다

'걱정 인형'이라는 것이 있다. 자신의 걱정을 말하고 베개 밑에 넣어두면 대신 걱정을 해준다고 한다. 그러나 이는 걱정 인형이 내 걱정을 해결해준 게 아니다. 내가 걱정 인형이라는 매개체를 통해 내 걱정을 버리려고 작정한 것이다. 인형은 내 마음을 다스리는 도구일 뿐이다.

근심 걱정이 없으면 어떻게 될까. 바보가 된다. 우리는 생각이 깊고 살려는 의지가 있고 남보다 잘살고 싶기에 근심 걱정을 한다. 그런 근심과 걱정 들로 인해 세상이 편리하게 만들어졌고 발전했으며, 근심과 걱정 들이 인간을 건강하게 만들고 노력하게 만들어 행복하게 된 것이다.

근심 걱정은 소금이나 설탕 같아서 적당히 사용하면 인생이 맛있어진다.

살아있다는 건

소설 쓰는 글쟁이가 부럽다는 사람이 의외로 많아서 이것저것 질문도 많이 한다. 다시 태어나도 글을 쓸 것이냐고 물을 때마다 나는 망설임 없이 글쟁이로 살겠다고 대답한다. 자녀에게 글쟁이를 권유하고 싶으냐면 대번에 반대한다고 말한다.

글이 잘 써질 때는 마감 전날 밤이고, 글이 잘 안 써질 때는 산에 가거나 친구들과 어울려 술 한잔을 하는 게 큰 도움이 된다.

다시 태어나도 글쟁이가 되고 싶은 것은 '불후의 명작'을 꼭 쓰고 싶기 때문이다. 자식이 글 쓰는 걸 반대하는 것은 글을 쓸 때마다 겪는 처절한 고통이 너무 싫기 때문이다. 글이 안 써질 때는 죽고 싶을 만큼 힘겹다. 그런데도 글을 쓰는 것은 내 영혼이 살아있음을 확인하고 싶기 때문이다. 살아있다면 무엇인가 가치 있는 것을 해야 한다. 그러나 밥을 먹고 숨을 쉬고 웃고 떠들고 잠을 자는 것에도 가치가 있다.

흙탕물에 빠지면

아장아장 걷는 어린아이는 흙탕물에 빠지면 그 자리에 주저앉아 발버둥 치며 울어버린다. 걸어 나가면 신발과 바지 끝만 버릴 텐데 발버둥 치면 온몸이 흙탕물을 뒤집어쓴다. 그러나 철이 조금 든 아이는 재빨리 통과해버린다.

살다 보면 흙탕물에 수도 없이 빠진다. 눈에 보이는 흙탕물에도 빠지는 수가 있는데 눈에 안 보이는 흙탕물에 어찌 빠지지 않고 살 수 있겠는가. 내 실수로 빠지는 수도 있지만 남이 밀어서 빠지는 수도 많다.

머물거나 발버둥 치면 안 된다. 잽싸게 통과해야 한다. 흙탕물에 빠질까 봐 장화를 늘 신고 다니면 얼마나 불편하겠는가. 편안하고 가벼운 신발을 신고 다니다가 흙탕물에 빠지면 빨리 빠져나와 말리거나 빨면 그만이다. 흙탕물에는 적응하면 안 된다. 그러면 체념주의자가 되고 인생을 재미없게 살 수밖에 없다. 좋은 자리라도 너무 오래 앉아있으면 흙탕물이 되는 경우가 많다는 걸 잊지 말자.

오래가는 아름다움

한국의 신흥종교는 성형수술과 다이어트라는 우스갯소리가 있다. 그만큼 외모에 대한 관심이 높아졌다는 의미다. 하기야 미운 것보다 예쁜 게 좋고 남들이 부러워하는 생김새를 지녔다는 것이 나쁘다고 할 수는 없다.

전문가는 "다양한 얼굴들의 평균값으로 만들어진 얼굴을 가장 아름답게 여긴다"라고 했다. 사람들은 대체로 촉각, 후각, 청각보다 시각으로 예쁘고 아름다운 것을 인식하곤 한다. 그래서 내 눈에 좋아 보이는 것을 소유하고 싶어 하기 마련이다.

육신의 시각으로 느끼는 아름다움은 반드시 변한다. 그러나 마음의 시각, 즉 심각(心覺)으로 느끼는 아름다움은 오래갈 뿐 아니라 그지없는 품격을 갖추게 된다.

이제부터 마음 성형, 마음 다이어트를 하는 게 어떨까.

감동을 주는 이야기

상사화나 무릇꽃은 입과 꽃이 엇갈려 나오기 때문에 전설 같은 이야기를 품고 있다.

승려가 되려고 절에 들어와 수행하던 행자가 백 일 동안 불공을 드리러 온 아리따운 여인을 보고 상사병에 심한 몸살을 앓다가, 끝내 말 한마디 건네보지 못하고 애를 태우며 시름시름 앓다가 죽었다. 그런데 행자가 죽어 묻힌 자리에 꽃이 피어났고 행자의 애절함처럼 어여쁜 꽃이라 해서 상사화라고 했다는 것이다.

이야기는 애절하거나 고통스럽거나 간절하거나 처절할수록 오래 기억되기 마련이다. 어찌 꽃의 전설만 그러하겠는가. 사람도 이야깃거리가 절절한 사람, 고통당하고 애절하고 몹시 아픈 시련이 있는 사람의 이야기가 감동을 주고 오래 간다. 편안하게만 살면 남겨줄 이야깃거리가 별로 없다.

인생의 시룻번

여행 중에 떡 찌는 장면을 바라보면서 잠시 옛 생각에 젖었다. 떡 찌는 솥과 시루 사이에 김이 새어 나가지 않게 시룻번을 붙여두어야 떡이 제대로 잘 익는다. 밀가루나 쌀가루를 차지게 주물러 시루에 붙여두었다가 떡이 익은 뒤에 시룻번부터 떼어 먹게 된다. 제사상에 올리는 떡은 집안의 큰 어른이라도 먼저 입에 댈 수 없고 잔칫상에 올릴 떡이라도 어른이 입에 댄 뒤에야 나머지 사람들이 맛볼 수 있었다. 그래서 아이들은 떡 대신 시룻번으로 마음을 달랠 수밖에 없었다. 인생살이에도 내 영혼이 새어나가지 않게 시룻번을 붙여야 한다.

인생의 시룻번은 "나는 온 우주 역사상 오로지 하나뿐이다. 그리고 이게 마지막이다. 그러니 재미있게 살자"라고 자신을 다독거리는 마음이다.

황금비율 같은 사람

어느 과학자는 "세상에서 가장 아름다운 비율이 있는데 동양은 금강비, 서양은 황금비"라고 했다. 금강비는 비율이 '1:1.414'인데 우리나라 석굴암의 불상, 안압지 정원, 포석정, 경복궁 근정전 등이 그와 같은 비율로 만들어졌다고 한다. 황금비는 '1:1.618'의 비율로 고대 이집트부터 시작되었다고 한다. 그리스 파르테논 신전, 다빈치의 〈최후의 만찬〉 등이 황금비율로 제작되었다고 한다. 현재의 사진, 그림, 명함, 신용카드 등의 비율도 황금비와 가깝다고 한다.

인생도 그러하지 싶다. 정방형으로 각을 맞춰 사는 것보다 살짝 퍼지는 게 아름다운 것 같다. 줏대를 지키되 주위를 잘 살피는 사람이 분명 매력적이고 인간미가 풍성한 사람이다.

소박하고 정갈하게

사람은 먹지 않고, 숨을 못 쉬고, 물을 마시지 않으면 살 수가 없다. 그런데 잘 먹고 숨 잘 쉬고 잘 마시는 데도 사람은 아플 때가 생긴다. 사람이 가장 피하고 싶은 게 질병으로 신음하는 것이다. 그래서 운동을 하거나 스트레스를 이겨내기 위한 나름대로의 방법을 찾게 된다.

약이 되는 음식을 '약선'이라고 한다. 그런데 유심히 살펴보면 우리가 먹는 모든 음식이 내 건강을 챙겨주는 약선이라는 걸 알 수 있다. 약은 함부로 먹으면 안 된다. 음식도 지나치게 많이 먹거나 상극이 되는 걸 섞어 먹으면 좋지 않다. 약은 아플 때만 복용하는 것이지만 음식은 매끼를 먹어야 하기 때문에 가능하면 내 몸이 필요한 만큼만 소박하게 먹어야 한다. 넘치게 먹었으면 몸을 움직여 소비시켜줘야 그 음식이 약이 된다.

생각도 '약선'이다. 음식이 소박하고 정갈해야 육신이 건강해지듯 생각도 소박하고 정갈해야 마음이 건강해진다.

보석과 돌멩이

어느 날 차를 타고 가다가 라디오에서 흘러나온 '보석과 돌멩이'라는 이야기를 들었다.

자갈밭에 돌멩이를 던진 스승이 제자에게 물었다.

"내가 던진 돌멩이를 찾을 수 있느냐?"

제자가 대답했다.

"못 찾습니다."

스승이 이번에는 보석을 던지고 찾을 수 있느냐고 물었다. 제자는 빛나기 때문에 쉽게 찾을 수 있다고 대답했다. 그러자 스승이 말했다.

"네 스스로 빛나면 세상이 너를 찾게 된다."

스스로 빛나는 방법은 굳이 설명하지 않아도 알고 있다. 실천하기 힘들고 시간이 걸리고 고통스럽기에 의식적으로 조금 비껴가고 있을 뿐이다.

반보기와 온보기

우리말에 '반보기'라는 게 있다. 조선시대에 시집간 딸은 출가외인이라 하여 친정집 출입을 거의 할 수 없었다. 다만 추석 명절에 하루 만에 되돌아올 수 있는 거리에 친정집이 있는 여인만 특별히 외출이 허락되었다고 한다. 여인은 단출한 차림에 가벼운 보따리 하나를 들고 잰걸음으로 친정집 쪽으로 향하고 친정어머니도 시집간 딸에게 먹이고 주고 싶은 걸 들고 사돈 집 쪽으로 달려간다. 친정과 시집의 중간쯤에서 드디어 어머니와 딸이 만나 회포를 푸는 걸, 서로 온 거리가 아니라 반 거리에서 만난다 하여 '반보기'라 했으리라. '온보기'보다 '반보기'가 어찌 더 애절하고 아쉽지 않았겠는가.

세상이 바뀌어 이제는 온보기를 마음껏 해도 된다. 그런데 지금은 오히려 반보기는커녕 '쪽보기'를 하는 세상이 된 듯해서 아쉽다. 그리운 사람은 지금 '온보기'를 해야 한다.

만물을 머금다

스승을 따라 산길을 오르는데 숨이 찼다. 땀투성이가 되어 숨을 몰아쉬자 스승께서 이르셨다.

"그리 숨차고 남이 보기에도 안쓰럽게 걷지 마세요. '나는 지금 하늘을 마신다, 나는 지금 땅을 마신다, 나는 지금 산천초목을 마신다, 나는 지금 햇빛과 바람을 마신다'라고 한 번 생각하며 걸어보세요."

스승의 말씀에 따랐더니 정말 하늘, 땅, 햇빛, 바람을 마시는 것처럼 느껴졌다. 발걸음도 가볍고 숨소리도 가쁜 대신 가벼워졌다. 가파른 산길에서는 하늘을 더 많이 마시고 험한 바위를 오를 때는 햇빛을 더 깊게 마신다는 느낌이 들자 내 마음이 놀랍게 경쾌해졌다.

밥을 먹을 때는 스스로 음식 앞에서 이 모든 것들은 하늘, 바람, 구름, 비, 햇빛, 흙을 머금었다 생각했더니 훨씬 맛있고 그런 음식을 먹을 수 있는 내 몸이 참으로 고맙게 느껴졌다.

스스럼없이
나누는 사이
10월

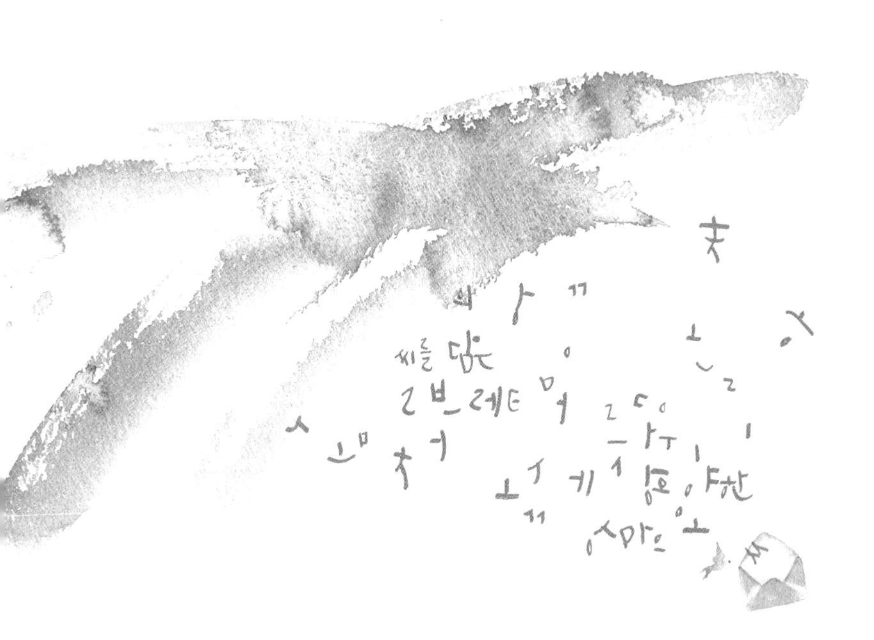

외로움 대처법

외로움은 '외딴섬에 홀로 있는 것 같은 느낌'일 것이다. 섬에 홀로 있을 땐 스스로에게 자꾸 말을 걸고 다독여야 한다. 마음을 닫으면 군중 속에 있어도 외롭고 마음을 열면 홀로 있어도 세상과 더불어 살게 되는 것이다.

외로울 땐 자신의 이름을 자꾸 불러보면 조금씩 나아진다. 그리고 몸을 찬찬히 살펴보고 마음을 살펴봐야 한다. 마음에 구멍이 뚫렸으면 메워주고 무거운 게 들어앉아있으면 꺼내주고 뾰족한 게 박혔으면 빼주어야 한다.

그래도 잘 안 되면 자신의 사진을 꺼내놓고 절을 해보라. 스스로가 얼마나 소중한가를 알게 되고 스스로를 낮추게 되어 외로움은 보약이 된다.

조금쯤 바보처럼

햇살 좋은 날, 등산을 갔다가 양지 끝에 앉아 쉴 참에 잠자리 한 마리가 손등에 앉는다.

"이 녀석이 날 뭘로 보는 거야. 내가 허수아비인 줄 아는 거야?"

말은 그렇게 했지만 기분은 참 좋았다. 나를 믿어준 것이 고마웠고 나를 포식자로 생각하지 않아서 좋았다. 나는 숨도 죽여가며 잠자리가 도망가지 않도록 최대한 조용히 지켜보았다.

남이 나한테 기대고 싶게 만들려면 내가 조금쯤 빈틈을 보여야 한다. 똑똑하고 잘나고 가진 척하면 누가 나한테 와서 쉬려고 하겠는가.

그래, 조금쯤 바보처럼 살자.

이 땅에 살고 있다는 기쁨

젊은 시절부터 내게 풀리지 않는 가슴앓이 같은 숙제가 있었다. 우리 민족을 동이족이라 했는데, 이(夷) 자가 '오랑캐 이' 자였다. 그렇다면 우리 조상은 오랑캐이고 나는 오랑캐일까.

역사소설 『대발해』를 쓰면서 그 이(夷) 자가 본디 '군자(君子) 이' 자라는 걸 알고 전율할 만큼 기뻤다.

『논어』에는 "나는 늙어서 예악을 즐기는 군자의 나라 동이에 가서 살고 싶다"라는 공자의 말이 담겨있다.

옛날 옥편에서 '이(夷)' 자를 찾아보면 분명하게 '군자'라고 기록되어있다.

'夷'의 모양은 큰 활을 뜻하고, 큰 활을 잘 쏘는 사람이 군자이다. 그 까닭은 멀리 있는 짐승과 큰 짐승을 잡아 백성을 잘 먹이고, 먼 곳의 적을 내쫓아 백성을 지켜주기 때문이다. 이를 알고 한국인으로 태어난 것이 황홀하고 자랑스럽다고 생각했더니 이 땅에 살고 있는 게 기쁨이 되었다.

사람 사치

사치란 제 분수에 지나친 것이나 분수없이 호사한 것을 일컫는다. 사람은 무엇인가 한두 가지쯤은 사치스럽고 싶은 게 있기 마련이다.

인간에게 최고의 아름다운 사치는 과연 무엇일까. 한마디로 딱 잘라 말한다면 '사람 사치'다. 좋은 사람을 만나 서로 즐겁고, 더불어 사는 게 기쁘며, 상대가 있어 마음이 편안하고, 아픔을 스스럼없이 나눌 수 있으면 그게 곧 '사람 사치'를 누리는 것이다.

인간관계는 옳고 그름의 문제가 아니라 좋고 싫음의 문제이기 때문에 상대에게 좋은 사람으로 다가서야 한다. 상대가 내 존재를 그의 '사람 사치'로 느낄 수 있게 내 마음을 열고 다사롭게 다가서야 한다.

더불어 사는 도리

등산로 입구에 동물들의 먹이인 도토리를 줍지 말라는 안내판이 있는데도 어기는 사람들이 의외로 많다. 한마디 거들고 싶은 생각이 굴뚝같다.

그때 문득 어머니 모습이 떠올랐다. 어머니는 안살림을 규모 있게 하려고 봄에는 들로 나물 캐러 다니시거나 가을에는 야트막한 산으로 도토리와 밤을 주우러 다니셨다. 도토리묵을 쑤어 밥상에 올리고 밤을 구워 주전부리로 주던 어머니는 더러 벌에 쏘이거나 넘어져 생채기가 나기도 했다.

그 시절엔 사람 입이 급했으니 그럴 수밖에 없었지만, 요즘처럼 먹거리가 풍족한데도 그러는 건 볼썽사납다.

동물들이 산에서 굶주려 마을로 내려오는 일이 없도록 만들어주는 것이 사람의 도리 아닐까.

영혼의 침샘

정상적인 사람에게서는 소화, 치료, 살균 등의 역할을 하는 침이 하루에 1.5~2리터쯤 나온다고 한다. 침은 성능 좋은 천연 약물로 우리 몸을 쾌적하게 해줄 뿐 아니라 음식을 잘 넘기게 해주고 목소리를 제대로 낼 수 있게 해주기도 한다. 만약 침이 부족하여 입안이 마를 정도면 폐렴의 위험이 있고, 입 속의 세균이 늘어나 호흡기 계통의 질병에 걸릴 가능성이 매우 높아진다고 한다. 아침식사는 침 분비를 강하게 자극한다고 한다. 특히 신선한 채소나 과일을 즐겨 먹으면 침의 분비에 많은 도움을 준다고 한다.

영혼에서도 침이 나온다. 영혼의 침샘은 사랑이고 배려고 베풂이고 용서다. 그리고 내 마음을 다독거리는 것이다.

108배를 하다

마음 가는 대로 몸이 따라간다는 어른들의 말을 실감할 때가 있다. 한창 더울 때 장편소설을 마무리하느라 운동할 시간도 없고 몸은 찌뿌둥하고 잠에 깊이 들지 못할 때 스승의 말씀을 따라 108배를 하기 시작했다.

백여덟 번을 길게 조아리는 108배는 익숙해지기 전까지는 쉽지 않은 동작이다. 숫자를 헤아리며 절을 할 때, 108배를 하기 싫은 날은 마흔아홉 쉰이라고 해야 하는데 분심이 든 탓인지 마흔아홉, 일흔이라고 한다. 반면 몸이 가뿐하고 여유로운 날은 일흔아홉, 예순이라고 헤아리는 경우도 있다.

그런데 허리 살이 빠져서 움직일 때 편하고 체중이 줄어 몸이 가볍고 개운해지자 여행 가서도 하게 되고 술 마시고도 하게 됐다. 나를 지탱해주는 내 몸에게 하루 20분쯤 봉사한다고 생각하니 108배가 오히려 재미나기 시작했다. 20분 동안 천천히 숫자만 세면서 절을 하면 그동안 잡생각이 사라지기 때문에 마음도 편안해진다. 20분 동안 마음과 생각이 휴식을 하는 것이다.

제각각의 인생

한 재벌그룹의 2세와 대화를 나눈 적이 있다. 그도 소위 콤플렉스가 있었다. 부모 세대처럼 시련을 이길 수 있는가, 그런 능력을 가졌는가, 나보다 나이 많은 임원들을 컨트롤할 수 있는가, 더 잘하는 모습 보여줘야 한다…… 등의 강박관념으로 무리하게 일을 벌이기도 하고, 카리스마와 강압을 구분하지 못할 때도 있다고 했다. 재벌 2세들은 콤플렉스가 없을 거라 생각한 것은 오해였다. 인간의 모습은 70억 인구만큼 다 제각각이다.

동무와 친구

꽤나 정겨운 우리말 중에 '동무'가 있다. 우리 어렸을 적엔 친구라는 말은 별로 사용하지 않고 동무라는 말을 썼다. 그런데 이 말이 북한에서 많이 사용하는 낱말이 되면서 우리나라에서는 동무 대신 '친구'라는 낱말이 슬그머니 일상어로 자리 잡았다.

군사독재 시절에는 동무라는 낱말이 글에 있으면 어김없이 삭제되었고 친구라는 말로 대체되었다. 북한에서 즐겨 쓴다고 해서 우리가 쓰면 왜 안 되는지 구체적인 설명이나 항의 없이 사라진 낱말이 되어버렸다.

가까운 친구 사이를 '어깨동무'라고 했는데 아무리 생각해도 '어깨친구'는 어중되고 어울리지 않게 느껴진다. 남북통일이 되었을 때를 생각해보면 우리의 줏대 없음이 아쉽기만 하다.

사람답다는 건 자기 존재 가치를 바로 세울 수 있는 줏대가 있어야 하는데 말이다.

엔딩노트

웰빙(well-being)이라는 말이 유행하더니 요즘은 '웰다잉(wel-dying)'이라는 말이 널리 통용되고 있다. 한마디로 잘 죽자는 뜻인데, 그러기 위해서는 '엔딩 노트'를 만들어야 한다는 것이다.

어느 헤어디자이너는 "장례식장은 내가 좋아하는 빨간 장미로 장식하고 제사 지내는 대신 내 생일에 맛있는 음식을 먹고 와인을 마시며 탱고를 춰달라"고 했다. 어느 해운회사 창업자는 "제사는 지내지 말고 기일 아침에 각자 집에서 사진과 꽃 한 송이를 놓고 묵념수도만 하라. 저녁에 음식점에 모여 형제의 우의를 다지고 식비를 돌아가며 내라"라며 "시신은 기증하고 남은 것은 해양장을 하라"라고 했단다.

우리 부모님은 유언으로 제사는 지내지 말고 성당에서 일 년에 한 번 미사만 해달라고 하셨다.

나도 '엔딩 노트'에 남은 사람들이 마음 가볍고 편할 수 있도록 웰다잉할 수 있는 방법을 기록해야겠다. 그래야 살아있는 동안 더 잘 살 테니까.

따라쟁이의 불행

자신을 위해 시간 쓰는 법을 배우지 못한 한국인들 중에는 가난과 싸우고 남 따라가기 바쁘고 경쟁에서 밀려나지 않으려고 애태우느라 마치 전쟁터에 나선 것처럼 살았다는 사람이 의외로 많다. 결국 자신을 행복하고 즐겁게 하는 법을 배울 짬이 없었던 것이다.

군대의 기합 중에 거울을 보고 가위바위보를 이길 때까지 하라는 게 있었다. 거울 속의 자기 모습은 자기가 하는 대로 할 수밖에 없는데 무슨 재주로 이길 수 있겠는가. 기합을 주는 사람은 결코 이길 수 없음을 알고 벌을 주는 것이고, 기합을 받는 사람도 결코 이길 수 없음을 알고 벌을 받는 것이다. 인생도 그렇다. 남을 따라 사는 인생은 행복할 수 없다. '따라쟁이'는 거울을 보고 가위바위보를 하는 것과 다를 게 없는 것이다.

받쳐주는 쇳덩이

옛 선비나 양반 들은 이름 대신 호(號)를 불러 상대의 품격을 높여주거나 예를 갖추었다.

글쟁이 노릇을 하며 여러 차례 호를 지어 받았다. 맑은 마음의 뜻인 청심(淸心), 해가 떠오르는 산의 뜻인 동산(東山), 공주에서 태어나 논산에서 자랐기에 논산과 공주에서 한 글자씩 따서 논주(論州), 고요한 돌처럼 정진하라는 석정(石靜), 풀로 지은 집에 살듯 초연하라는 초당(草堂)…….

해맑게 살 자신이 없고, 세상을 빛낼 재주가 없고, 나랏일을 논할 능력이 없고, 치열하게 정진할 재간이 없고, 세상만사 초연할 담대함이 없기에 여태 나는 호를 사용하지 않았다.

그러다가 근자에 나를 평생 지켜본 신부님이 내 삶에 걸맞다며 '모루'라는 호를 지어주었다. 대장간에서 불에 달군 쇠를 올려놓고 두드릴 때 받침으로 쓰는 쇳덩이를 우리말로 모루라고 한다. 세상에 보탬이 되는 사람으로 살라는 뜨거운 가르침으로 알고 내 호를 '모루'로 결정했다. 조금이라도 남을 기쁘게 하자는 생각으로 감히 받아 안았다.

마지막인 듯 사랑하라

사랑을 갈구하는 젊은이가 내게 멘토로서 한마디 해달라고 했다. 어찌 사랑을 한마디로 정의할 수 있겠냐마는 그냥 생각나는 대로 적어 보내주었다.

"이 드넓은 세상을 살아보면 무수한 지옥이 있고 천당은 드뭅니다. 지옥에 떨어져도 담대하게 기어 나오고 천당에 올라가도 담대하게 내려와야 합니다."

딱 한 번밖에 못 살기에 살아있는 동안 하늘이 무너질 만큼 사랑하라. 남을 사랑하기에 앞서 자신을 진정 사랑할 줄 알아야 한다. 살아있다는 가장 분명한 증거, 그것은 사랑하는 것이다.

나를 사랑하고 남을 사랑하라. 그리고 세상 모든 것을 지극히 사랑하라. 지금 이 사랑이 마지막인 듯 사랑하라. 미친 듯이 나와 사람과 세상과 지금을. 사람은 누구나 사랑의 전과자들이다. 미친 듯이 사랑하면 천당에 오르고 깨어지면 지옥으로 굴러 떨어진 것과 같다. 젊은 시절에 천당과 지옥을 경험하면 세상을 담대하게 살아가는 지혜를 얻는다.

노후의 취미생활

평균수명이 늘어나면서 장년층과 노년층의 소비 행태가 바뀌었다고 한다. 노후가 길어지면 생존 전략도 당연히 달라져야 한다. 그중에 가장 걱정거리가 경제력이기 때문에 씀씀이를 줄여서 노후를 대비해야 한다는 강박관념이 생기기 마련이다. 씀씀이를 줄이기 위해 동창회나 모임에 나가는 걸 줄이고 부조 액수를 줄이기도 하며 심지어 취미생활을 등산이나 산책으로 바꾸는 경우도 많다. 사람은 한 번밖에 못 산다. 좋아하는 일을 하다가 죽어도 후회하는 게 인생인데 좋아하는 걸 버리고 노후 대비만 걱정하는 건 잘 살았다고 할 수 없다.

그래서 노후에도 경제적 부담이 적고 남에게 품격이 있어 보이며 정신 집중을 할 수 있는 취미를 개발해야 한다. 서예, 미술, 문학, 철학, 공예, 음악, 향토사학 같은 것에 관심을 가져서 나와 걸맞은 걸 찾으면 된다. 그러면 노후가 즐겁지 않겠는가.

물과 그릇

깨끗한 정한수라도 요강에 담아놓으면 마시려고 하지 않을 것이다. 그러나 더러운 물이라도 값비싼 그릇에 담아놓으면 뭔가 다를 거라고, 마셔도 될 거라고 생각하게 된다. 물을 보고 마시지 않고 그릇을 보고 마시는 것이다. 그것이 과연 옳은 것일까.

애정결핍 극복하기

고아나 외롭게 자라는 어린아이들에게 나타나는 '마라스머스(marasmus)'라는 병이 있다고 한다. 이 병을 앓게 되면 신체 발육이 더디고 온몸에 기운이 빠져 시름시름 앓다가 결국 죽는 경우도 생긴다고 한다. 애정결핍으로 생기는 병이기 때문에 가장 현명한 치료법은 오직 '사랑'뿐일 것이다.

플라톤은 "어린애가 울고 있을 때 당신은 소리치지 말고 노래를 불러주거나 이리저리 흔들어주라"라고 했다. 노래를 부르고 흔들어주는 것이 곧 사랑인 것이다.

어른이 되어 애정결핍이 되면 스스로 극복하려고 애쓰기 마련이다. 더러는 손쉬운 방법을 찾아 술을 마시거나 오락에 빠지거나 운동에 집착하기도 한다. 심한 경우엔 도박에 몰입하기도 한다.

어린아이는 울고 떼써서 도움을 청할 수 있지만 어른이 되면 스스로 애정을 획득해야 한다. 가장 현명한 방법은 내가 먼저 나를 사랑하는 것이고 그다음으로 상대를 사랑하는 것이다.

인생에서 중요한 것

죽을 때까지 변치 않는 친구 세 사람만 있으면 그는 성공한 인생을 산 사람이다. 그냥 도란도란 우정을 쌓는 친구가 아니라 서로 존경할 수 있어야 진정한 우정이다. 당장 생각해보라. 서로 존경하고 신뢰할 수 있는 친구가 과연 몇 명이나 되는지. 그리고 언제나 내 가슴을 열어주고 상대의 가슴을 받아줄 수 있는지도 생각하라. 성인 발달 연구의 대가로 알려진 하버드 의대의 베일런트 교수가 42년간 관찰하고 연구한 결과가 매우 흥미롭다.

하버드대 졸업생 268명, 평범한 사람 456명, 천재 여성 90명 등 814명을 추적한 결과 "인생에서 가장 중요한 것은 다른 사람과의 관계"라고 했다. 47세 즈음까지 형성된 인간관계가 이후의 인생을 예견하는 데 중요한 지표가 된다고 했다.

사업의 성공과 출세를 위해 계산된 인간관계를 맺으면 이해관계가 끝남과 동시에 남남이 된다. 어떻게 만나느냐가 중요한 게 아니라 어떻게 인연을 갈고 닦는가가 중요한 것이다. 내가 존경받을 수 있게 처신하는 게 무엇보다 소중하다.

지배당하지 말자

에리히 프롬의 『소외론』을 읽다가 내 가슴에 탁 와닿는 느낌을 받았다. "인간은 왜 자신이 만든 돈, 명예, 권력, 집, 자동차, 연인, 부부, 자녀, 명품 등에 지배를 받거나 끌려다니는가?"

이 글을 읽고 난 부끄러움에 젖었다. 자신이 만든 창조물에 자신이 지배를 받는 이 어리석음은 도대체 무엇이란 말인가. '욕심' 때문이다. 무엇을 갖지 말자는 게 아니다. 더 가지려고 노력하지 말라는 것도 아니다. 지금 내가 가진 걸 고마워하고 지금 내 모습을 사랑하고 지금 내 삶을 기뻐하면 인간이 만든 창조물에 지배당하지 않는 자유인이 된다는 것이다. 그러면 결국 그런 사람이 더 갖게 되고 더 자유롭고 더 행복해지는 것이다.

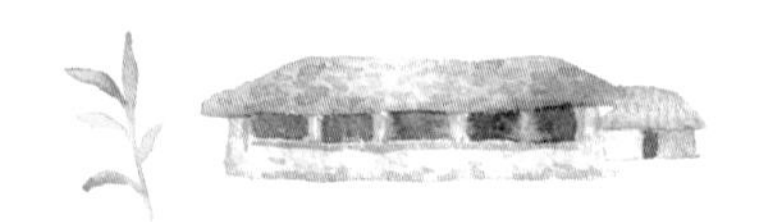

나를 놓아줘

미국 오클라호마 주립대학 연구진이 15세 된 침팬지에게 4년 동안 140여 개의 낱말을 정성껏 가르쳤다고 한다. 그랬더니 침팬지의 첫마디가 뭐였을까? 놀랍게도 "나를 놓아줘(Let me out)"였다. 짐승도 가장 원하는 것이 자유라는 사실을 입증한 실험 결과였다.

흔히 불가에서 자유를 '바람처럼 걸림 없이'라고 한다. 바람은 그물도 유유히 통과하고 담장은 뛰어넘고 꽉 막힌 곳은 되돌아가며 작은 구멍도 망설임 없이 파고든다. 자유란 갇힌 마음과 생각부터 풀어놓는 것이다. 작가에겐 명예, 권력, 부(富)가 없다. 그런데도 쉼 없이 글을 쓰는 것은 바로 자유롭게 상상하며 살 수 있기 때문이다.

웃는 얼굴

미국 프린스턴 대학 판매 연구소에서 재미있는 실험을 했다. 물건을 판매하는 사람 150명을 뽑아서 50명은 웃는 얼굴로, 50명은 무표정하게, 나머지 50명은 찌푸린 얼굴로 물건을 팔게 했다.

웃는 얼굴로는 목표량의 3~10배를 팔았고 무표정한 사람들은 목표량의 10~30퍼센트를 팔았으며 찌푸린 사람들은 아무것도 팔지 못했다고 한다.

얼굴은 그림과 같아서 사람들은 그 얼굴에서 여러 가지를 찾아낸다.

관상을 좋게 만드는 최고, 최선의 방법은 웃는 것이다. 거울을 향해 먼저 웃어보고 다음에는 찡그려보면 안다. 웃는 얼굴이 사람을 끌어당긴다는 걸. 웃으려면 먼저 마음을 펴야 한다. 아니 자꾸 웃으면 마음이 펴진다.

그냥 줄 뿐

등산하다가 비닐봉지에 든 좁쌀을 조금씩 여기저기 놓아주는 나이 지긋한 분을 만났다. "고맙습니다"라고 인사를 하자 "감사합니다. 건강하세요"라며 반갑게 웃었다. 예전에 스승께서 등산을 가자며 콩과 좁쌀을 한 됫박씩 사오라고 했다. 스승을 따라 여기저기 모이를 흩뿌려주며 등산을 했다. 하산할 때까지 아무 말 없던 스승께서 헤어질 무렵에 물었다. 왜 모이를 놓아두었는지 아느냐고. 스승의 깊은 뜻을 알 수 없어 그냥 웃었다.

"콩 한 주먹이라도 사람에게 주면 고맙다는 소리를 들으려 하지만 산새나 짐승에게 주고 나면 고맙다는 소리를 기다리지 않는다. 그냥 줄 뿐이다."

스승은 소리 없이 웃으며 말을 이었다.

"그냥 줄 뿐이다……. 그게 바로 보시요 베풂이라는 것이다."

나는 두 손을 모으고 스승께 삼배를 올렸다.

생체 전기

사람이 숨 쉬고 말하고 밥 먹고 웃고 움직이는 모든 것은 우리 몸에 양이온과 음이온이 상호작용하는 생체 전기가 흐르기 때문이라고 한다. 뇌에서 신경을 전달하는 기능에 문제가 생기면 생체 전기가 발생하지 않아 인체에 여러 부작용이 생긴다는 것이다.

생체 전기가 줄거나 단절되면 노화도 빠르고 상처가 빨리 아물지 않으며 골절도 잘 된다고 한다. 움직일 때마다 미세 전류를 생성시켜 인체에 자극을 주는 신발이 개발된 것도 생체 전기의 흐름을 돕기 위한 것이라고 한다.

세상에서 가장 효과가 있고 가장 좋은 생체 전기는 사랑하는 사람끼리 주고받는 자극이리라.

예의가 없으면 손해

주례를 서다 보면, 예식 시각이 되어도 좌석이 듬성듬성 비어있어 혼주는 가슴이 콩닥거리는데 하객들은 식당에서 밥 먹기에 바쁜 광경을 볼 때가 많다.

결혼식이 진행되는 동안에는 식당 문을 닫아놓는 게 도리인데도 예식장은 밥값을 받아야 운영되는 장삿속 때문에 예식장 안이 썰렁하든 북적거리든 개의치 않는다. 잔칫집에 가서 고픈 배를 채우던 시절에도 지금처럼 밥품을 팔러 다니지는 않았다.

축하는 형식이고 밥 먹으러 결혼식에 참석하는 참 볼품없는 모습을 볼 때마다 예절은 사라지고 형식만 남은 듯하여 가슴이 시리곤 한다. 주례가 무슨 말을 하든 말든 목청 세워 떠드는 사람들을 보면서 예의를 찾아보기 힘들어진 세상을 실감하기도 한다.

예의가 사라지면 손해 보는 건 오롯이 우리 몫이라는 걸 이제 알 때가 되었다.

혼자 가지 말자

어느 늦가을, 모진 태풍이 휩쓸고 지나간 제주 강정마을에 벚꽃이 흐드러지게 피었다. 태풍에 잎이 죄다 떨어지자 겨울이 지난 걸로 인식한 나무가 꽃을 피운 것이다. 그러나 곧 겨울이 닥쳐 열매를 맺지 못했다. 이듬해 봄날에도 꽃이 피지 않았다. 열매도 맺지 못한 슬픈 벚나무가 되었다.

인생도 서둘러 혼자 가는 게 아니라 때가 되어 더불어 어우러지는 게 근사한 것이다.

마음이 가난하다는 것은

마음이 가난한 자가 복을 받는다는 말을 이해하는 데는 오랜 시일이 걸렸다. '마음이 가난한 자'가 마음이 깨끗한 사람을 지칭한다는 걸 어느 신부님의 얘기를 듣고 겨우 알았다. '깨끗함'은 그리스어로 '카타로스(katharos)'로 잡티가 없는 순수함을 뜻한다. 이 말은 카타르시스(katharsis)의 어원과 같다.

아리스토텔레스의 『시학』에 나오는 낱말로 정화(淨化) 혹은 배설(排泄)을 뜻하는 카타르시스는 일상에서도 많이 사용하고 있다.

신부님은 '카타르시스'는 씻겨낸 뒤에 오는 것이고, '카타로스'는 눈물로 씻고 회개로 씻어내는 것이라고 했다. 마음의 가난은 덜 가졌다는 뜻이 아니라 마음을 깨끗하게 씻었다는 뜻이다. 이 뜻을 알게 되니 묵은 숙제 하나를 푼 듯이 개운해졌다.

재미있게, 젊게

예부터 젊어 보이는 사람이 건강하고 오래 산다는 말이 있다. 당연한 이야기 같지만 일상에서 느끼기는 그리 쉽지 않다. 덴마크 대학 연구팀이 70세 이상의 일란성 쌍둥이 387쌍을 대상으로 연구한 결과에 따르면, 젊어 보이는 사람이 실제로 건강하게 오래 살았다고 한다.

세포 끝에 돌기되어있는 텔로미어는 세포가 분열할 때마다 짧아지고 분열이 멈추면 죽는다는 게 근래에 밝혀졌다. 그런데 거친 삶을 산 사람이거나 애를 태우며 산 사람일수록 텔로미어가 빨리 짧아진다고 한다. 그래서 건강하게 살기 위해서 젊어 보여야 하고 젊어 보이려면 인생을 조금 더 재미있게 살아야 한다.

물과 불

지난 세월 누군가와 싸웠던 일을 한번 생각해보라. 거개가 친한 사람과 싸웠고 친해야 할 사람과 다투었다는 걸 알게 된다. 싸움은 결국 내가 옳고 너는 그르다는 판단 때문에 생긴다. 지금은 내가 옳을지 모르지만 나중에는 그가 옳을지도 모른다.

물과 불은 공존할 수가 없다. 친한 사람은 물과 불이 아니라 물과 물이거나 불과 불인 것이다. 불은 꺼지면 재가 되기에 꺼뜨려서는 안 된다. 물이 얼면 얼음이 되고 얼음은 무기가 되기도 한다. 그래서 얼어버리면 안 된다. 만약 얼었다면 얼른 뜨거운 물을 부어야 한다.

상대가 물이 되면 나도 얼른 물이 되고 상대가 불이 되면 나도 얼른 불이 되어야 한다.

꿀을 품듯이

사람이 만든 가짜 꽃에는 벌과 나비가 날아오지 않는다. 본능과 감각으로 살아가는 존재이기 때문이다. 그러나 사람은 다가와 만져보거나 냄새를 맡아보게 된다.

꽃이 꿀을 품고 있어야 벌과 나비가 날아온다. 예쁘고 향기가 짙다고 날아오는 게 아니라 꿀을 얻기 위해 다가오는 것이다.

사람도 마찬가지다. 꿀을 품듯이 배려, 베풂, 용서, 사랑을 품고 있어야 좋은 사람들이 다가온다. 사람이 꿀을 품기 위해서는 자신을 극복해야 한다. 그러나 자신을 이기려고 애태우지 말라. 나는 이겨야 하는 존재가 아니라 가장 존중해야 하는 존재다. 자신을 존중하는 사람이 꿀을 잘 생산하는 사람이다.

우담바라의 기적

여행 중에 시골 음식점에 들렀는데, 인심 좋게 생긴 주인 여자가 나를 구석자리로 데려가더니 '우리 가게에서 기적이 일어났다'고 자랑했다. 화분이 놓여있는 베란다 모서리에 3천 년 만에 한 번 꽃이 핀다는 '우담바라'가 피었고, 그 사실이 알려지면서 장사도 잘되고 일부러 구경 오는 사람도 생겼다고 했다. 나는 "뭔가 더 좋은 일이 생길 징조"라며 더 좋은 재료로 더 맛있는 음식을 만들면 복이 굴러올 거라고 말해주었다. 그녀는 반색하면서 정말 그렇게 되는 거냐고 했다. 나는 당연히 그렇게 될 거라며 우리 집 화분에도 '우담바라'가 핀 적이 있었다고 이야기해주었다. 나는 그녀가 더욱 좋아하는 걸 보고 식당을 나섰다.

실제로 그 꽃은 '우담바라'가 아니라 '풀잠자리 알'이었다. 하지만 그걸 상서로운 구원의 꽃이라고 생각해서 얻는 기쁨을 생각하면 그녀에게 바른말을 해줄 수가 없었다.

그렇다. 우담바라는 마음먹기에 따라 천지사방에 흐드러지게 피어난다.

이기려 애쓰지 말아라

권투나 격투기 같은 두 사람이 맞대고 하는 운동 경기는 얻어맞지 않고 이길 수 있는 방법이 없다.

연인과 부부가 맞대고 겨루는 선수처럼 서로 이기려고 안달할 때가 있다. 그런데 유심히 살펴보면 서로 심판도 겸하고 있다는 걸 알 수 있다. 선수일 때는 이기려고 애를 쓰고 심판이 되면 공정한 판단을 하려고 애를 써야 한다.

출전한 선수가 심판을 보면 대부분 자기에게 유리한 판정을 할 수밖에 없다. 연인과 부부가 다툴 때 공정한 심판이 참석한다면 다툼의 양상이 달라질 것이다.

연인, 부부, 가족, 친구와의 다툼에서는 서로 이기려 애쓰지 말아야 한다. 자신의 점수를 야박하게 매기는 사람이 현명한 사람이라는 걸 나중에 반드시 알게 된다.

신비로운 건강 기술

사람은 누구나 건강하게 오래 살기를 바란다. 그렇다면 가장 신비로운 건강 기술은 무엇일까.

첫째, 소박한 음식이다. 적게 먹는 게 아니라 내 몸이 필요한 만큼만 먹어야 한다. 둘째는 편안한 수면이다. 마음이 편안해야 잠을 잘 자기 마련이다. 셋째는 내 몸에 알맞은 운동이다. 몸은 평생 잘 써야 하는 소중한 것이기에 잘 가꾸어야 한다. 넷째는 넉넉한 미소다. 웃음은 가장 적게 투자하고 가장 많이 얻는 보물인데 마음만 먹으면 언제 어디서나 쓸 수 있다. 다섯째는 쉽게 용서하는 가벼운 마음이다. 용서는 내 품격을 닦는 소중한 도구가 된다. 여섯째 지혜로운 사랑이다. 사랑은 아무 데나 심어도 반드시 싹트는 씨앗 같아서 사랑을 한다는 것은 나를 복제해서 퍼뜨리는 것과 같다.

지나갔지만
남는 것들
11월

자기를 알아낸 사람

자기를 다 알려고 하는 것은 마치 바늘 한 개로 맨땅을 파고 파내서 큰 강을 만드는 것과 같고 바늘 한 개로 맨땅을 파 올리고 파 올려서 산악을 만드는 것과 같다.

그렇다고 한없이 어려운 것만은 아니다. 그래서 힐링이란 말이 유행처럼 번지기도 했다. 힐링은 자기와의 화해, 자기를 용서하는 용기, 자기를 존중하는 자존심, 자기를 사랑하는 결단이다.

그래서 자신이 코치이고 감독이고 심판이 되면 그를 가리켜 현명하다 하는 것이다. 현자는 자기를 알아낸 사람이란 뜻이다.

돈, 명예, 권력

맹자는 늙어서 아내가 없는 환(鰥), 늙어서 남편이 없는 과(寡), 어려서 부모가 없는 고(孤), 늙어서 자식이 없는 독(獨), 이 네 가지를 가장 힘든 인생이라고 했다. 결국 사람의 행복은 사람과 더불어 사는 데에서 찾아야 한다는 것과 상통한다. 재물, 명예, 권력에서 행복을 찾으려는 현대인들에게는 쉽게 받아들이기 어려운 말이기도 하다.

한번 생각해보자. 돈이 있으면 사람들이 모여든다고 생각한다면 돈이 없으면 사람들이 떠난다는 것도 알아야 한다. 명예와 권력도 마찬가지다. 명예와 권력이 있을 때는 사람들이 모여들지만 잃으면 참으로 가볍게 떠난다는 걸 알게 된다.

돈이나 명예나 권력으로 사람을 부릴 수는 있지만 그 사람의 마음을 가질 수는 없다.

지옥은 통과하는 곳

지옥은 죽은 뒤에만 있는 게 아니라 살아있는 동안에도 존재한다. 근심·걱정하기, 남과 비교해서 주눅 들기, 세상을 두려워하기, 스스로 못났다고 느끼는 열등감, 곤경에 머무는 미련, 희망을 포기하는 것 모두가 지옥이다.

하지만 지옥은 머무는 곳이 아니다. 통과하는 곳이다. 그 모든 것은 지나간다.

언어의 위력

어느 날 아침, 신문의 칼럼을 읽으며 가슴이 뜨거워지고 부끄러움에 젖었다.

남태평양 솔로몬 섬의 부족민들은 농지를 개간할 때 숲의 나무를 자르지 않고 대신 나무에게 욕을 하거나 저주를 퍼붓는다고 한다. 그러면 얼마 뒤에 그 나무가 말라 죽는다는 것이다.

식물이 그 정도라면 동물은 어떠할 것이며 하물며 사람이랴. 그동안 내가 한 말을 상상해보기만 해도 엄청난데 남의 말은 얼마나 많았으며 비난과 성냄은 또 얼마나 많았겠는가. 내가 한 말은 파동이 되어 내 주변 사람에게만 영향을 준 게 아니라 내게 가장 먼저 파동이 되었음을 알아차리는 순간 부끄러움이 내 뒤통수를 때렸다.

다시 하지 않는다는 자신은 없지만 두 손을 모으고 내 입에서 나간 독설과 욕설에 대해 용서를 빌어보았다.

행복은 아날로그

우리는 너무 많은 것을 보고 듣고 만지며 살고 있다. 뭐든 많이 봐야 하고 알아야 하고 가져야 좋다고 생각하기 십상이다. 명상수련을 할 때면 휴대전화와 시계, 필기구를 모두 밀봉하여 보관한다.

처음에는 답답하고 궁금하고 짜증까지 난다. 그러나 하루 이틀이 지나면 몸도 마음도 가벼워진다. 며칠이 더 지나면 궁금한 것도 사라지고 답답하지도 않고 오히려 평화롭고 자유로워진다.

일상에서 편리한 것은 디지털이지만 행복한 것은 아날로그이다.

행복은 디지털이 아니라 아날로그이다.

실패는 연습

'실패는 연습'이라고 생각하는 게 훨씬 정확한 표현이다. 운동선수들은 수많은 연습을 통해 스타가 된다. 과학자들은 99번의 실패를 겪은 후 100번째 성공한다고 한다. 99번을 실패라고 생각하면 지겹지만 연습, 실험이라고 생각하면 견딜 만한 것이다.

인생은 견뎌내야 한다.

마음을 숙이면 세상이 가볍다

스승 따라 명상을 하고 내친김에 고행을 하기로 했다. 마음공부가 어디 쉬울까마는 나무 그늘 하나 없는 산등성이를 오르내리며 몇 시간씩 걷는 것은 고역이었다. 전날 오후에 쏟아진 소낙비로 새벽길은 진흙탕이어서 진흙이 운동화를 감고 바짓가랑이에 엉겨 붙으니 발걸음이 천근이다. 하산할 때는 무시무시한 햇볕에 흙먼지 길이 되어 햇볕과 마른 땅의 열기에 숨을 쉬기 어렵다. 지쳐 쓰러지는 사람이 생기고 주저앉아 기진맥진한 사람도 생긴다.

그런데 가냘파 보이는 한 중년 여성이 똑같이 고행하는데도 사뿐사뿐 춤추듯 가볍게 걸어갔다. 평소에 무슨 운동을 하거나 비법이 있느냐고 물으니 참으로 싱겁게 대답했다.

"날마다 108배를 하는 것밖에 없어요."

나도 108배를 해볼 요량으로 절 방석을 장만했다. 스승께서 이르길 "108배는 몸도 숙이고 마음도 숙이는 지혜를 얻는 것"이라고 했다.

마음도 숙이고 몸도 숙이면 천하가 온통 가볍거늘.

발명품의 가치

우리가 일상에서 유용하게 사용하는 휴대전화, 냉장고, 선풍기, 자동차 등의 발명품들은 불편해서 생긴 것이다. 걸어 다니기 힘들어서 자전거가 생겼고 더 편하고 빨리 가고 싶어 자동차가 생겼다. 사람을 만나러 가기 불편해서 전화가 생겼고 아무 데서나 소통하기 위해 휴대전화가 생겼다.

종교는 사람들 마음이 불편하기에 존재 가치가 있다. 사람이 늘 편안하고 고요하고 행복하다면 굳이 종교를 찾을 일이 없을지 모른다.

스님, 신부님, 목사님 같은 성직자는 마음이 편치 않은 사람들의 정신적 발명품이 아닐까…….

인생을 잘 살기 위해 발명품이 필요하듯 내가 남을 위한 발명품 역할을 할 수 있어야 한다. 남이 나를 이용할 수 있게 내가 스스로 발명품이 될 수 있다면 인생을 정말 잘 사는 것이다.

노인과 젊은이

노인 한 사람이 죽는 것은 크든 작든 도서관 하나가 사라지는 것과 같고 젊은이 한 사람이 죽는 것은 깃대종 하나가 사라지는 것과 같다. (깃대종은 특정 지역의 생태·지리·문화적 특성을 반영하는 상징적인 동·식물 또는 생태계의 여러 종 가운데 사람들이 중요하다고 인식하고 있는 종으로, 그 지역의 생태계를 회복하는 개척자라는 이미지를 형상화한 말이다.)

노인이 될 때까지 무슨 일을 하며 살았든 그의 삶은 우리들의 이정표이고 반성문이며 참회록이자 교훈이다. 그 삶이 역사이고 지침서이며 참고서이다.

젊은이는 노인과 달리 천하를 종횡무진하는 개척자 정신으로 살아야 한다. 없는 길을 내고, 건너기 어려운 강을 헤엄치며, 남이 오르지 못한 벼랑을 오르고, 앞 세대가 포기한 것들을 악착같이 해내는 담대한 개척자여야 한다. 젊음은 실패할 특권이 있고 용서받을 특권도 있다. 그러나 희망을 포기하지 않을 책임도 있다. 노인은 시대의 증표이고 젊은이는 미래의 표상이다.

고프지도 부르지도 않게

인생을 잘 살려면 적어도 두 가지는 갖추어야 한다. 첫째가 몸의 건강인데, 육신이 건강해지려면 배가 고프지도 않고 부르지도 않을 정도로 먹어야 한다. 배가 고프면 활력을 잃고 배가 부르면 게을러질 수밖에 없다. 몸이 건강해지면 몸이 가볍고 편안해서 좋다.

몸 건강보다 더 챙겨야 할 건 마음의 건강이다. 마음 건강도 몸 건강처럼 마음이 고프지도 부르지도 않아야 마음이 가벼워지고 편안해지는 것이다. 마음이 고프면 매사에 안달하고 자잘한 일에 매달리게 된다. 마음이 부르면 거만해지고 사람을 업신여기게 되어 인품을 잃기 마련이다.

돕는 행복

미국인 의사 앨런 룩스가 남녀 봉사자 3천여 명을 연구한 뒤 '남을 도울 때 오히려 내가 매우 행복해지는 현상'을 발견하고, 그러한 경험을 헬퍼스 하이(Helper's High)라고 이름 붙였다. 실제로 봉사활동을 하거나 남을 도와주거나 고통받는 사람을 다독거려준 사람들을 연구해보면 사람이 그와 같은 행위를 할 때 평소보다 몇 배나 엔도르핀이 상승한다고 한다.

면벽을 하고 일체 말을 하지 않은 채 가부좌를 하고 명상을 해보면 온몸이 갈기갈기 찢기는 듯 고통스럽다. 그러다 어느 순간 황홀경을 느끼게 되면 고통은 일시에 사라지고 온몸과 마음이 깃털처럼 가벼워진다.

일부 학자들은 부처님의 미소가 명상으로 얻은 절정의 순간 나타나는 그윽하고 찬연한 미소라고 했다. 남을 돕기 전에 나를 먼저 도우며 헬퍼스 하이를 느끼면 더 가볍게 남을 도울 수 있는 내공을 쌓게 된다.

이발소의 부스럼 병

어렸을 적에는 아이들이 동네 이발소에서 기계충이라고 부르던 부스럼 병(피부병)에 우르르 전염되는 경우가 종종 있었다. 위생 개념이 별로 없던 시절, 머리 깎는 기계 때문에 벌어진 진풍경이기도 했다. 할아버지의 담뱃대 속에 가득 들어있던 담뱃진을 부스럼 자리에 바르면 독한 냄새에 어찔하기도 했다. 더러는 머리의 피부가 타는 듯이 따가운 시커먼 물약을 이발소 주인이 발라주기도 했다. 그렇다고 이발소 주인에게 따지거나 탓하는 사람도 없었다. 으레 불가항력으로 여겼다. 마치 여름 장마에 지붕이 새는 것쯤으로 생각했다. 더러는 이발소 주인이 미안하다며 한 번쯤 공짜로 이발을 해주기도 했다. 사람들이 바보라서 그런 게 아니라 대문 열어놓고 이웃과 어울렸기 때문에 누구나 인정을 가질 수밖에 없었던 것이다. 아파트 층간 소음으로 인한 다툼에 관한 기사를 읽으며 나부터 문 닫고 인정을 장롱 속에 넣어둔 채 사는 건 아닌지 반성해본다.

어차피 가는 거니까

암 투병 중에 암세포에게 "얘들아 내가 죽으면 너희들도 죽잖아. 우리 같이 살자"라고 해서 건강해진 할머니를 일 년 후에 다시 만났다. 피부는 더 좋아지고 목소리는 힘이 넘치고 눈빛은 더 빛났다. 주변 사람들이 도저히 70대 할머니로 보이지 않는다며 그 비결을 물었다. 할머니는 소리 내어 웃으며 말했다.

"별것 아니야. 전에는 암세포에게 같이 살자고 했는데 지금은 생각을 바꿨지."

뭔가 기가 막힌 비법이 있을 것만 같았다.

"너희들은 내게 온 손님이니까 대접해줄 테니 잘 놀다가 가라고 하지. 손님은 눌러앉는 게 아니라 어차피 가는 거니까."

내게 온 손님을 어찌 박절하게 대하겠냐며 나를 끌어안고 "젊은 기를 받아간다"라며 손을 흔들었다.

스승이 도처에 있구나.

조상의 공덕

지금 우리가 사용하고 있는 미터법은 2백여 년 전(1790년) 프랑스의 C. 탈레랑의 제안으로 파리 과학 아카데미가 정부의 위임을 받아 적도에서 파리를 거쳐 북극까지의 거리를 측정하여 그 거리의 1천만 분의 1을 1미터로 정했다고 한다. 즉 지구 둘레의 4천만 분의 1이 1미터가 된 것이다. 현대의 첨단 위성으로 지구의 둘레를 측정했더니 약 8킬로미터 정도밖에 오차가 나지 않았다고 한다. 그것은 지구가 완전히 동그랗지 않고 살짝 납작하다는 걸 모른 탓이라고 한다.

우리의 삶은 우리 조상들의 노력으로 편리해졌다. 그렇다면 오늘을 살고 있는 우리들도 우리의 후손들이 고마워할 만큼의 공덕을 쌓아둬야 하는 게 아닐까.

지금 내게 주어진 것을 정성껏 해내는 게 곧 후손이 고마워할 공덕이라는 걸 잊지 말자.

이승의 지옥들

사람으로 태어났으면 죽은 후의 지옥보다 살아 있는 동안의 지옥부터 피해야 한다.

근심 걱정으로 스스로 무너지는 지옥.
희망을 포기하고 절망을 끌어안는 지옥.
남과 비교해서 절로 주눅 드는 지옥.
미래가 두려워 뒤를 바라보는 지옥.
열등감에 젖어 스스로 보잘것없다고 여기는 지옥.
곤경에 처했을 때 좌절하는 지옥.
남 탓을 하고 원망하는 어리석은 지옥.
삶을 쓸데없는 일로 허비하는 지옥.
사랑 대신 미움을 보물인 양 비축하는 지옥.
육신과 영혼의 존엄함을 인정하지 않는 지옥.

실수담

'실수담'만큼 재미있는 이야기는 드물다. 실수담은 유쾌한 웃음을 선사한다.

'실패담'은 감동적인 이야기 중 으뜸이다. 성공한 사람들은 실수와 실패를 켜켜이 쌓아올려 높은 담장을 뛰어넘은 감동적인 이야기를 가지고 있다.

실수와 실패는 인생을 풍요롭게 하는 중요한 구성요소이다.

잘 흔들리는 사람

어렸을 적에는 감나무나 대추나무처럼 열매가 많이 열리기를 바라는 과수를 시집·장가보내는 풍습이 있었다. 추위가 채 가시지 않은 겨울 끝 무렵에 나무 밑동에 짚단이나 헌 옷가지를 묶고 절구나 몽둥이로 통통 소리 나게 치며 "감나무 시집간다", "대추나무 장가간다" 하고 소리쳤다. 그러면 놀란 나무가 힘껏 땅속의 물을 빨아올려 튼실해지고 꽃도 많이 피고 열매도 통통해진다고 했다.

봄바람이 조금 사나운 것도 겨우내 웅크린 나뭇가지를 흔들어주어야 뿌리가 땅속의 물과 영양분을 빨아올려 새순이 잘 돋고 꽃이 잘 피기 때문이라고 한다.

인생도 평탄한 것보다 뭔가에 부딪히거나 세상이 건드려주어야 튼실한 열매를 맺을 수 있는 것이다. 인생이 너무 평탄하면 오히려 사는 재미를 느끼지 못하게 된다. 쓰러지지 않고 잘 흔들리는 사람이 멋지다.

일류의 당당함

소문난 일류 호텔 음식점의 셰프가 자신의 뚱뚱한 몸매를 자랑스럽게 얘기하는 인터뷰 기사를 읽으며 그의 당당함이 멋있다고 생각했다. 손님에게 내보내는 음식이 제대로 맛이 나는지를 확인하느라 맛을 보다가 살이 쪘으니 자신의 뚱뚱함은 '손님에 대한 예의이고 음식 솜씨에 대한 자부심'의 결과라고 했다.

셰프가 꼭 뚱뚱할 필요가 있는지는 모르겠지만 적어도 그 셰프는 스스로 일류다운 배짱이 있다고 여겨졌다. 최고의 셰프로 평가받기 위해 음식마다 맛을 보고 손님상에 내보내기 때문에 살이 찌는 게 자랑스럽다고 얘기하는 당당함은 정녕 프로다웠다.

누구든 자기 분야에서 최고가 되려고 애쓰는 사람들 덕에 우리가 행복하고 살맛이 난다.

아낌없는 칭찬

칭찬은 유효기간이 없다. 세월이 흐르고 흘러도 칭찬받은 사람의 가슴속에는 칭찬의 씨앗이 싹트고 꽃피고 열매 맺기를 반복하기 마련이다.

1980년대 중반에 TV 예능프로그램에 탤런트 김혜자 여사와 함께 출연한 적이 있다. 녹화 시작 전에 커피를 마시며 한담을 하는 자리에서 김혜자 여사가 해맑은 표정으로 내게 한 말은 이랬다.

"남자가 어쩜 이렇게 예쁠 수가 있어요. 목소리는 너무 매혹적이어서 빨려들 것 같아요."

녹화가 끝나고 헤어질 때도 꼭 같은 칭찬을 했다. 나는 그 순간부터 세월이 흘러 지금까지 김혜자 여사의 영원한 팬이 되어버렸다. 아마 죽는 날까지 변하지 않을 것 같다. 더욱이 그날 김혜자 여사는 연기가 아니라 진짜로 감탄한 듯이 내 손을 잡고 진정성 있게 말했기에 평생 잊히지 않는다. 그렇다면 나는 누군가에게 진심으로 아낌없이 칭찬해서 그를 기쁘게 한 적이 있는가.

미친 듯이 사랑하자

살아서 천당 구경을 할 수 있는 방법이 있다. 그건 바로 사랑하는 것이다.

이왕 사랑하려거든 영혼이 불타고 육신이 말라비틀어질 만큼 열정적으로 해야 한다. 사람은 누구나 사랑의 전과자다. 첫사랑이든 풋사랑이든 사랑의 전과만은 거창하거나 찬란해야 한다.

젊은 시절에 죽을 만큼 미친 듯이 사랑하지 않으면 나중에 정말 크게 후회하게 된다. 사랑의 결말이 꼭 행복하거나 만족스럽지 않아도 된다. 사랑이 너무 뜨거워서 데거나 깊은 상처를 입을 수도 있다.

그러나 사람으로 태어나서 모든 걸 녹여버리는 용광로처럼 사랑해보지 못한다면, 어찌 잘 살았다고 할 수 있으랴.

영혼을 온통 불태워 재가 될 때까지 미친 듯이 사랑하라. 그게 진정 사람답게 사는 것이다.

살아있음이 축복이다

'설악산 터줏대감'이라고도 하고 '설악산 털보'라는 별명도 가진 어떤 산사람은 털도 많고 웃음도 많고 이야깃거리도 많은 사람이다. 조난당한 사람이나 위급한 환자를 구조한 이야기를 들으면 밤을 지새워도 모자랄 정도이고 구구절절 사연도 많다. 그런데 구조해준 사람들이 찾아오지는 않는다고 했다. 생명의 은인인데 찾아와 고맙다는 인사 한마디를 하지 않는 게 서운하지 않느냐고 했더니 그는 너털웃음을 웃었다.

죽음에 이르는 과정, 절박하고 아찔했던 그 순간을 본 사람에게 심한 부끄러움을 느꼈거나 표현하기 어려운 자괴감 같은 걸 느꼈을 것 같다고 산사나이는 말했다.

절박했던 상황을 수치스럽다고 여기면 찾아가기 어렵고, 그 순간을 통해 살아있음을 진정 고마워하면 찾아가서 기쁨을 나눌 수 있는 것이다. 지금 살아있음을 축복으로 아는 사람은 천하제일 지혜로운 사람이다.

권총찬과 장총찬

지금으로부터 38년 전 서슬 퍼런 군사독재 시절에 신문, 방송, 잡지, 출판물은 모두 계엄사령부에서 몹시 철저하게 검열을 했다. 신문 기사를 일일이 미리 읽어서 그들 마음대로 넣고 빼고 고쳤다. 당일 방송해야 할 대본도 그들 마음에 맞도록 손질했다. 잡지와 책은 더 꼼꼼하게 낱낱이 독재자의 비위에 맞추어 첨삭을 해야만 했다.

우리나라 역사상 최초의 밀리언셀러로 기록된 장편소설 『인간시장』도 몇 년 동안 눈 부라린 검열관들의 되알진 손질을 거쳐서 연재하고 출간할 수가 있었다. 쓰고 싶은 대로 쓸 수가 없으니까 '교묘한 궁리'를 할 수밖에 없었다. 작가와 검열관의 치열한 전쟁 때문에 『인간시장』의 주인공 이름이 괴이해졌다. 계엄사에 붙들려 갔을 때 권총을 찬 사람이 많길래 주인공을 '권총찬'이라 지었다. 가차 없이 검열에 걸려 성씨만 슬쩍 바꾸어 '장총찬'으로 지었는데 통과된 것이다. 권총보다 훨씬 성능 좋은 게 장총인 걸 왜 몰랐을까. 이름 덕을 꽤 보았다는 걸 독자들은 알았으리라.

내가 나를 무시한 행위

양치질을 할 때 3분은 무척 길다. 그러나 노래방에 가서 노래하고 춤출 때는 1시간도 훌쩍 간다.

꼭 해야 하는 양치질 할 때는 3분이 그리 긴데 안 가도 그만인 노래방에서는 시간이 그리 빨리도 잘 간다.

인생도 그렇다. 꼭 해야 할 것은 힘겹고 지겹고 지루해서 미루게 되고, 안 해도 그만인 것들에 매달려 허송세월을 보내는 경우가 흔하다.

허송세월을 보내는 것은 내가 나를 무시한 행위나 마찬가지다.

내 전생의 일이 있어서

함께 술을 마시거나 여행을 해보면 상대의 심성이 나 됨됨이를 알 수 있다. 편안할 때는 멀쩡하던 사람도 불편할 때는 그 사람의 카르마(Karma, 업보)가 툭 불거져 나오기 마련이다. 편안할 때는 친절하고 배려하고 잘 거들어주던 사람이 불편한 상황이 되면 짜증을 내거나 불평이 심해지거나 곧잘 화를 내곤 한다. 배가 부를 때는 순서를 양보하지만 배가 고프면 슬그머니 새치기를 하기도 한다.

단체 여행을 할 때 경비를 절약하기 위해 두 명이 한방을 사용할 경우에 상대를 배려하지 않은 채 화장실이나 욕실을 오래 사용하여 힘들게 하기도 한다. 그럴 때마다 사람에 대한 실망감이 커진다.

스승께서는 그럴 때 카르마를 일으키지 말고 '전생에 내가 그 사람을 너무 부려먹어서 이생에는 그가 나를 부려먹는구나'라고 생각하는 게 상수라고 했다.

상대를 위해 하는 게 아니라 내 품격을 위해 그냥 해보라. 그것이 현명한 방법이다.

반얀트리를 경계하다

세계에서 가장 큰 나무는 인도 콜카타의 식물원에 있는 반얀트리(Banyan Tree, 벵골보리수)다. 높이 25미터에 둘레가 420미터이니까 멀리서 보면 숲처럼 보일 수밖에 없다. 나무줄기에서 수많은 뿌리가 내려와 땅을 넓게 파고드는 특이한 현상 때문에 콜카타의 명물 반얀트리는 3백 개가 넘는 줄기가 마치 독립된 하나의 나무들처럼 보였다.

그런데 숲 같아 보이는 거대한 반얀트리 밑에는 다른 나무가 자라지 못한다. 햇빛을 가로막고 있기 때문에 풀도 자라지 못한다. 식물에게 가장 필요한 햇빛을 독점한 반얀트리를 보며 인간 사회를 생각한다. 모든 이들이 평등하게 누려야 할 행복을 독점한 무리들이 도처에서 날뛰고 있으니…….

햇빛을 독점할 수 없듯이 행복도 독점해서는 안 된다. 줄기에서 뿌리를 내려 산지사방을 영역화하는 것은 더욱이 안 된다. 그들에게 경각심의 호루라기 소리가 들렸으면 한다.

보살의 발현

30여 년 전이나 지금이나 인도에는 거지가 참 많다. 대추나무에 연 걸리듯 가는 곳마다 꼬마 거지들이 손을 벌리고 따라붙는다. 어린 동생을 때맞춰 꼬집어 울려 동정심을 사는 소녀부터 신발 코에 이마를 대고 두 손을 모아서 돈을 주지 않을 수 없게 만드는 재주꾼까지 각양각색이다.

어렸을 적에는 아이들과 함께 미군들을 쫓아다니며 "헬로, 기브 미 껌!"을 애절하게 외쳤다. 그들을 마치 천사이거나 신비한 나라에서 온 '흥부의 박씨'라도 가져다줄 은인쯤으로 여겼다.

처음에는 가엾어서 모두에게 주고, 중간에는 가려서 주고, 나중에는 특별한 경우에만 돈을 주게 되었다. 그 시절의 미군들도 혹여 잘사는 나라에서 왔다고 마치 천사라도 되는 양 거들먹거리며, 선심 쓰듯 주었던 건 아닌지 모르겠다. 그래서 마음이 편치 않았는데 스승께서 "그들을 거지로 보지 말고 보살의 발현으로 생각하고 공손히 보시하라"라고 하신 말에 얼른 두 손을 모았다.

누구나 아픔을 겪는다

사랑에 빠지면 맹물도 달콤하게 마시고 미움에 빠지면 꿀물도 쓰기만 하다.

우리들은 무엇이 없어서 불행하거나 무엇을 가져서 행복해지는 게 아니다. 강연이나 강의 중에 행복이 어디에 있느냐고 물으면 대부분 "내 마음속에 있다"라고 대답한다. 말은 그렇게 하지만 묻지 않으면 행복을 '마음 밖에서' 찾기 마련이다.

가슴 아픈 일이 생겼거나 괴로운 일이 생겼을 때 그걸 불행이라 느끼거나 나만 겪는 고통이라고 생각하면 견디기 어렵다. 그러나 아, 이런 게 인간사이구나, 누구나 이런저런 아픔을 겪으며 사는 게 정상이지, 라고 생각하라. 그게 바로 현명한 대처이다.

인맥 관리의 달인들

주변에서 인맥 관리의 달인들을 보게 되는데, 그들은 참으로 많은 사람을 알고 두루 친하며 통하지 않는 곳이 없다. 인맥 관리의 달인은 첫째, 부지런하다. 둘째, 명함 관리가 철저하다. 셋째, 대소사를 잘 챙긴다. 넷째, 통신 비용을 절대 아끼지 않는다. 다섯째, 청탁을 가리지 않는다.

인맥 관리의 달인은 두 부류로 나눌 수 있다. 뭔가 얻기 위한 전략가와 뭔가 주기 위한 봉사자로 나누어진다.

얻기 위한 전략가들은 세속적으로 출세하고 거들먹거리며 푼푼하거나 여유롭다. 뒤끝이 좋지 않은 경우가 허다하다. 그러나 주기 위한 봉사자들은 늘 낮은 자세로 베풀고 나누고 어려운 사람 곁에서 마음을 여민다. 그들은 품격 있는 삶을 살면서 존경을 받는다.

얻기 위한 전략가는 자기를 위해 인맥 관리를 하고 주기 위한 봉사자는 베풀기 위해 인맥 관리를 한다.

인생의 CCTV

과속을 단속하는 감시카메라(CCTV)가 있는 곳에서는 속도를 줄인 뒤 그 지점을 통과하면 다시 쌩쌩 달리는 운전자들이 있다. 저만큼 경찰차가 보이면 속도를 줄였다가 다시 내달리는 경우도 있다. 요즘은 천지사방에 CCTV가 설치되어있어서 우리의 행동은 수시로 감시당하고 있다.

인생에도 CCTV가 있다. 단지 눈에 띄지 않고 내비게이션이 알려주지 않기 때문에 인식하지 못할 뿐이다. 인생의 CCTV는 나를 쳐다보고 있는 수많은 사람들 가슴이다. 가족, 친구, 동료, 이웃뿐 아니라 내가 만나는 모든 사람이 인생의 CCTV인 것이다. 그들은 고성능 감시카메라이기 때문에 내 행동을 다양한 각도에서 정밀 촬영하고 있다. 일반 CCTV는 시간이 지나면 지워지지만 인생의 CCTV는 내가 살아있는 동안 작동되고 보존된다.

소화시킬 수 있는 욕구

인도의 시골에서는 소똥을 매우 귀하게 여긴다. 화력이 좋은 연료이기 때문에 소똥을 모양 있게 만들어 말려서 좋은 값에 팔기도 한다. 불가촉천민이 사는 둥게스와리에는 풀도 잘 자라지 않는 척박한 땅이라 농경지도 없다. 풀도 마디게 자라고 억세기 그지없다. 먹이가 부족한 소들은 거개가 비쩍 말랐다. 그래도 소똥은 만들어진다. 벽에 붙여놓은 소똥의 냄새를 맡아보았다. 풀 향이 그윽했다. 코끝을 대고 깊이 냄새를 맡았다. 분명 풀 향기가 구수했다. 그렇다. 먹을 게 별로 없는 소들은 거의 완벽하게 소화했고 그럼에도 소화하기 어려운 섬유질만 똥이 된 것이다.

많이 먹어서 득 될 게 없는데 우리는 많이 먹고, 많이 갖고, 많이 거느리고, 많이 잘난 척하느라고 인간의 향기를 분실한 채 냄새만 독해진 게 아닐까.

욕구가 나쁜 게 아니다. 완벽하게 소화시킬 수 있는 욕구를 가져야지 무조건 가져보고 따지려는 욕구는 악취가 된다는 걸 알아야 한다.

따뜻한 추억은

소복이 쌓이고

12월

스스로 결정하면 다르다

외출했다가 휴대전화가 없는 걸 아는 순간부터 매 순간이 불안해진다. 다행히 집에 두고 왔다는 것을 알았다고 해도 허전함을 버릴 수 없다. 집에 와서 휴대전화를 열어보면 그리 긴급한 연락이 와있지도 않다.

어느 날은 일부러 휴대전화를 책상 위에 놓고 "널 두고 나갈 테니 그리 알라" 하고 외출을 했다. 그러자 불안하지도 허전하지도 않았다.

휴대전화를 두고 나온 건 같은데 내가 스스로 결정했을 때는 아무렇지 않은 것이다. 인생도 그러하다.

비껴 가는 게 문제

미국 법원이 생명공학회사 '23 and Me'가 '원하는 아이를 낳는 컴퓨터 프로그램'의 특허를 신청하자 승인해주었다는 기사를 보았다. 내 유전자 정보와 상대의 유전자 정보를 맞추어보면 아이의 키, 피부색, 체질은 물론 예술에 대한 소질 등도 미리 알 수 있다고 한다. 말하자면 결혼 당사자끼리 '아이의 선천적 기질과 질병 코드'를 알고 결혼할 수 있다는 것이다. 게놈(genome, 유전체)의 시대가 되면 개인의 유전자를 쉽게 해독할 수 있어서, 내 미래의 질병을 미리 알아낼 수 있다. 물론 미리 질병 제거도 가능하다고 한다.

그런 세상이 되면 과연 행복할까. 사랑도 결혼도 계산을 해야 하고 내게 닥칠 질병에 대해 미리 걱정을 해야 하는 게 정말 좋은 세상일까. 인생은 모르면서 개척해나가야 맛이 있는 것이지 너무 많이 알고 살아가면 머릿속만 복잡해질 것이다.

건강하게 살아가는 방법을 모르는 사람이 어디 있으랴. 방법을 비껴 가는 게 문제가 아닌가. 인생도 잘 사는 방법을 모르는 게 아니라 자꾸 비껴 가는 게 문제이듯.

마음 품앗이

어렸을 적 시골살림은 몹시 곤궁하고 척박했다. 그러나 참으로 소박한 품앗이와 다사로운 인정으로 더불어 살았다. 콩도 반쪽으로 갈라 먹는 인심으로 궁핍을 견디었다. 배고프던 시절이니 남의 밭에 익은 과일을 주인 몰래 따먹는 참외서리부터 수박서리, 닭서리까지도 했다. 남의 자식이 우리 집 닭을 몰래 잡아먹고 내 자식이 남의 집 닭을 서리하는 걸 뻔히 알면서도 서로 모른 척한 건 바로 배곯은 어린것들에 대한 영양 품앗이였던 것이다.

오줌싸개는 머리에 키를 씌워 이웃집으로 보내면 빗자루로 키를 때리고 소금을 뿌려주어서 버릇 고치는 걸 서로 도왔다. 아이가 체했을 때 굵은소금을 한 주먹 쥐어 이웃집으로 보내면 바늘로 손가락을 따주었다. 배냇니가 흔들리면 이웃 사람이 달려와서 흔들리는 이를 실로 여며 묶고 실컷 딴청을 부려 아이의 혼을 뺀 뒤에 탁 뽑아주기도 했다.

마음 부자들이 그립다. 우리 서로 마음 부자가 되는 마음 품앗이를 하자.

살아있다는 것만으로도

세상에 보탬이 되는 일이란 남을 크게 이롭게 했거나 감동시키는 일처럼 거창한 것이라고 생각하기 쉽다. 그러나 어머니가 아이를 낳고 기르는 것만으로도 세상에 가장 아름다운 사랑을 남긴 것이고, 아버지가 자녀의 바라지를 하고 식구들을 위해 돈벌이를 하는 것만으로도 세상에서 가장 큰 수고를 치렀음을 인정해야 한다.

아니 살아있다는 것만으로도 우리는 이미 세상에 보탬이 되고 있다.

묵은 것을 버리지 않으면

소나무는 사철 푸를 뿐 아니라 그 자태가 의연해서 참 아름답다. 한국인이 유난히 소나무를 좋아하는 이유이기도 하다.

소나무가 늘 푸르른 것은 매년 새잎이 나오고 묵은 잎은 낙엽이 되어 떨어지기 때문이다. 낙엽은 썩어 거름이 되고 그 거름은 소나무를 살찌우고 푸르게 한다.

사람도 지나간 것은 떨어뜨려 거름으로 삼아야 한다. 묵은 것을 버리지 않으면 새것이 나올 수 없고 과거에 묶여 사는 헌 모습이 된다.

소나무는 묵은 잎을 떨어뜨려 거름으로 삼는데, 사람은 묵은 걸 끌어안으면 초라해지는 경우가 흔하다. 마음밭이 초라해지면 인생이 척박해지는 법이다.

퍼스트 펭귄의 진실

범고래 같은 포식자에 대한 두려움 때문에 쉽게 바다로 뛰어내리지 못하고 망설이는 펭귄의 무리 사이에서 과감히 먼저 뛰어드는 펭귄을 퍼스트 펭귄(first penguin)이라고 한다. 그러면 주춤거리던 펭귄 무리가 앞다투어 바다로 뛰어내려 먹이를 구하게 된다. 퍼스트 펭귄은 가장 먼저 용기를 보여 무리의 행동을 유발하는 행동가, 실천가를 의미하는 영어의 관용어이기도 하다. 그런데 연구자들의 조사 결과, 이는 무리 중에 약한 펭귄이 다른 펭귄들에게 떠밀려 떨어진 것이고 나머지 펭귄들이 따라 뛰어내린 것이라고 한다.

용감하게 스스로 먼저 뛰어내린 펭귄은 능동형 리더이지만 떠밀려 떨어진 펭귄은 허약한 존재일 뿐이다.

우리는 허약한 존재를 무시하고 비아냥대는 경우가 있다. 우리는 펭귄이 아니고 사람이기에 허약한 사람을 배려하고 보호하는 것이 진정 가치 있는 휴머니즘이다.

그 마음을 내놓아라

어느 제자가 선승을 찾아가 마음이 아프고 괴로운데 어찌하면 좋으냐고 물었더니, 선승이 다짜고짜 말했다.

"내가 단박에 고쳐줄 테니 그 마음을 내놓으라."

그때 제자는 탁 깨닫고 조아렸다고 한다.

내가 만든 형상으로 내가 괴롭고 힘든 것이라는 걸 아는 순간 해결책이 생길 수밖에 없는 것이다.

내 마음의 주인도 나요 내 마음의 노예도 나다.

주겠다는 기도

"기도할 때 자꾸 무엇을 달라고 하면 거지와 다르지 않고 자꾸 무엇을 주겠다고 하면 부자가 되는 것이다."

스승께서 기도에 대한 사람들의 의문에 대해 이렇게 말했다. 줄곧 생각해보니 내 기도 역시 거지와 다르지 않았다. 뭐든 달라는 것이지 주겠다는 게 아니었다.

'사랑하고 용서하고 베풀고 배려해서 품격 있는 인간이 되겠습니다'라고 기도하는 것도 사랑하고 용서하고 베풀고 배려하겠다는 의지보다 내가 품격 있는 사람으로 좋은 평가를 받겠다는 의도가 앞섰다는 걸 알 수 있다.

스승께서 말씀하셨다.

"나를 위한 기도를 하지 말라는 게 아니라 남을 위한 기도, 무엇을 주겠다는 기도가 나를 위한 기도보다 두 배 이상 많아야 기도의 가치가 있다는 것이다."

마음의 거지는 작은 걸 얻을 수 있고 마음의 부자는 행복과 평화와 자유를 얻는다.

습관 회로

사람의 뇌에는 습관 회로가 있어서 1년 이상 어떤 행동을 반복적으로 하면 그것은 평생 습관이 된다고 한다.

몸에 밴 행동을 절차 기억이라고 하는데 일반 기억보다 오래가는 특징이 있다고 한다. 예를 들어 자전거를 탈 줄 알면, 뇌 속의 기억 저장 창고인 해마 부위가 망가져 치매가 생겨도 절차 기억으로 인해 자전거를 탈 수 있다고 한다. 뇌에 '습관 회로'가 있기 때문이다.

맨손체조를 3개월간 매일 지속하면 새로운 기억 회로가 생기고 1년 정도 계속하면 습관 회로 신경망이 반영구적으로 정착된다고 한다.

어디 운동만이 그러하랴. 마음도 그러할 것이다.

오만함의 대가

원자폭탄 피해자의 아들로 태어나 독학으로 음악공부를 했고 35살에 청력을 잃었는데도 일본의 비극을 상징하는 〈교향곡 1번 히로시마〉를 발표하여 일본의 영웅이 된 사람이 있다. 2008년 히로시마에서 열린 G8 하원의장회의 기념 콘서트에서 초연한 CD가 무려 18만 장이나 팔리면서 그는 일본에서 '현대의 베토벤'이라는 칭송을 받기도 했다.

그에겐 이야깃거리가 있었다. 비극적이고 가슴 시린 사연이 있었다. 원폭 피해자의 아들이자 청각장애자임에도 심금을 울리는 음악을 작곡했다는 것이다. 더구나 일본 역사상 가장 고통스런 원폭 투하 지역인 히로시마가 주제였기에 일본인들의 마음을 더욱 끌어당겼던 것이다.

그런데 그런 인물이 18년 동안 작곡한 곡은 모두 음대 강사에게 돈을 주고 샀으며 청력도 멀쩡했다는 게 밝혀져 일본 사회가 경악하기에 이르렀다.

농락당했다는 사실은 부정할 수 없다. 그러나 농락을 자초한 것을 잊지 말아야 한다. 일본인들은 '히로시마 원폭 피해자', '독학', '청력 상실'이라는 몇 개의 자극적 이야깃거리에서 비극적이고 수치스런 과거를 떠올렸을 테고, 그것을 극복하려는 일본인들의 열등감이 그를 영웅으로 만든 것이다. 그들이 농락을 당한 것은 비윤리적인 역사 인식과 전쟁의 상처를 다독거리지 못한 오만함 때문이기도 하다.

붉은 매화 꽃송이

ROTC 장교로 광주 보병학교에 입교해 혹독한 군사 훈련을 받을 때, 오전 교육이 끝나면 달력 날짜에 빗금 한 개를 긋고 오후 훈련이 끝나면 빗금 한 개를 엇갈려 그려 엑스(X) 자를 만들곤 했다. 군사 훈련이 힘들고 지겨웠기 때문에 스스로 달래보려고 궁리 끝에 하루하루를 지워나갔던 것이다. 그런데 정말 하루가 매우 길기만 했다. 고심 끝에 달력을 없애버렸더니 오히려 하루가 견딜 만했다. 달력에 X 표시를 하는 것은 스스로 고통을 각인하는 꼴이었던 것이다.

우리의 옛 선비들은 〈구구소한도(九九消寒圖)〉라는 걸 사용했다. 추운 동지 이튿날부터 81일 간(9×9) 흰 매화 꽃송이 81개를 그려 벽에 붙여두고 매일 한 송이씩 붉은색을 칠했다. 81개 흰 꽃송이가 모두 붉은 매화 꽃송이가 되면 혹독한 추위가 물러나고 봄을 맞이한다는 것이다.

내가 사용했던 달력은 부정적 의미가 강했고, 선비들이 사용했던 구구소한도는 긍정적 의미가 강했기에 지혜로운 것이다.

부자병

신조어 중에 어플루엔자(affluenza)라는 낱말이 있다. 일명 부자병이라고 하는데, 삶이 너무 풍요롭고 가진 게 많아서 감정 통제가 안 되는 행위를 지칭한다. '풍부하다(affluent)'는 뜻의 단어와 '독감(influenza)'의 합성어인데 풍요로워질수록 더 많은 걸 가지려고 안달하는 현대 질병을 가리킨다. 이 질병은 아무거나 마구 가지려고 하기 때문에 스스로 감정 통제 불능 상태가 되기 십상이라고 한다. 쇼핑 중독도 그렇고 권력 있는 자가 적은 돈에 눈이 멀어 패가망신을 하거나, 부호가 종업원들의 임금을 야박하게 책정하기도 하고, 심한 경우에는 풍족한 생활을 하면서도 남의 것을 훔치거나 지인들을 속여 제 잇속을 챙기기도 한다는 것이다.

물질에 대한 어플루엔자보다 마음에 대한 어플루엔자가 많아지고 있다는 게 가슴 시리다. 남의 마음을 훔치고 홀로 누리는 사람들은 처벌할 방법마저 없다.

내 마음을 잘 닦아 투명한 유리처럼 만드는 수밖에 없다.

가장 힘 있는 말

'힘깨나 쓰는 사람'은 흔히 육체적으로 강한 자를 뜻하지만 '힘깨나 있는 사람'은 권력, 경제력, 명예를 가진 사람을 뜻한다. 사람의 힘이라는 것은 그 사람의 말이 얼마나 영향력이 있는가를 통해 알 수 있다. 대통령이 하는 말의 힘은 권력이고 재벌이 하는 말의 힘은 경제력이고, 명예가 있는 사람이 하는 말에는 권위가 있다.

그런데 인류 역사상 가장 힘 있는 말은 돈도 권력도 명예도 없던 사람이 한 말이다.

붓다의 대자대비와 예수의 사랑이란 말은 인류에게 가장 강력한 힘이 되었다. 세월이 흘러도 존중받는 말이 되었다. 권력을 놓치면 초라해지고 경제력이 떨어지면 측은해지고 명예가 무너지면 가엾게 된다.

대자대비와 사랑을 조합해보면 베풂이 아닐까.

마음이변

기상이변이란 낱말은 이제 통용어가 되었다. 일기예보가 아무리 정확해도 기상이변에 대해서 명료하게 소명하지 못한다. 인간이 지구를 너무 많이 파괴시켰기 때문이라는 주장은 이미 과학적으로 증명이 되었다.

문명의 혜택을 누리는 인간의 마음이변은 더 심각한데도 통용어가 되지 않는다. 그것은 남의 마음이변은 알면서 나의 마음이변은 인정하지 않는 '마음 감추기' 때문인지도 모른다. 날씨는 내 탓이 아니라고 생각하기에 드러내놓지만 마음은 드러내는 순간 부끄럽기에 감추고 싶은 것인지도 모른다.

어쩌면 마음을 나누지 않는 개인주의와, 아파트 생활의 단절 문화와, 스킨십이 사라지는 스마트폰과, 물질 숭상에 따른 양극화로 파생된 열등감 때문에 마음이변이 심해졌는지 모른다.

기상이변의 원인을 알아내듯 마음이변의 원인을 찾아내야 인생을 근사하게 살 수 있다.

내 안의 타성 깨기

오래전에 광고계에서 널리 알려졌던 이야기가 있다. 한 제약회사에서 발모제를 어렵사리 개발하여 대대적으로 홍보했다고 한다. 그런데 의외로 판매가 부진해서 회사는 당황했다. 그 소문을 들은 어떤 젊은이가 제약회사를 찾아가 많이 팔 수 있는 방법을 제안했고 회사는 그에게 성공 보수를 약속했다.

젊은이는 제약회사의 신문 광고에서 헤드카피를 빼고 그 자리에 '이 약을 손가락으로 찍어 바르지 마세요. 손가락에 털 날 염려가 있습니다'라는 문장을 넣었다. 발모제는 대박을 터뜨렸고 제약회사는 더욱 성장했다고 한다.

사람은 타성에 젖어 살기 마련인데, 수많은 발모제에 효과를 보지 못했던 사람들의 마음을 두드린 '타성 깨기'가 바로 신선한 창의력이 된 것이다. 내 안에 똬리를 튼 나의 타성을 지금 당장 깨뜨려보라.

위대한 손

인간은 진화의 상징적 동물이 분명하다. 직립동물인 걸 보면 부지런히 걸어 다녀야 하고 손의 모양을 살펴보면 부지런히 일을 해야 한다. 또 치아를 보면 어금니로는 곡식을, 송곳니로는 육식이나 생선을, 앞니로는 채소나 과일을 고루 먹어야 한다는 걸 알 수 있다.

"손은 밖으로 나와있는 뇌와 같다"라고 주장하는 전문가도 있다. 인간은 그 손으로 도구를 만들어 만물의 영장이 된 것이다.

손을 많이 움직이면 뇌 기능이 발달한다는 뇌 과학의 실체를 밝힌 연구 보고서도 있다. 지구상에 사람 손만큼 정교한 신체 도구를 가진 동물은 없다. 손을 많이 움직이면 치매 예방도 된다고 한다.

가장 위대한 손은 사랑하는 사람을 어루만지고 남을 위해 박수를 보내며 베풂을 행하는 사람의 손이다.

하나의 몸, 한 번의 삶

어린 시절에는 누구나 한두 번쯤, 제비처럼 잽싸게 날고 치타처럼 바람을 가르고 호랑이처럼 산야를 호령하고 벌레처럼 작아져서 아무 데나 마음대로 드나드는 변신을 꿈꾸어보았을 것이다. 나이 들어 몹시 바쁘고 일거리가 쌓일 때면 내 몸이 여러 개였으면 싶을 때가 종종 있다. 그러면 한 몸은 글을 쓰고 한 몸은 좋은 사람과 어울려 다니고 한 몸은 돈을 벌고 또 한 몸은 가고 싶은 곳을 여행하면 얼마나 재미있을까 싶다.

그러다가 문득 이 한 몸으로도 이리 머릿속이 복잡하고 근심 걱정이 바글거리는데 몸이 여러 개면 어찌 감당하며 살 수 있을까를 생각해보니 참 허망한 망상이었다는 걸 깨달았다.

하나밖에 없는 몸이고 한 번밖에 못 살기에 인간은 지극히 소중하고, 그 한 몸으로 잘 살기 위해 부단히 애쓰는 모습이 참으로 근사한 것이다.

같이 소리쳐주기

지금은 그럴 리가 없겠지만 군 복무 중 몽둥이로 엉덩이를 사정없이 내리치는 단체기합을 받곤 했었다. 그럴 때마다 악에 받쳐 "하나! 둘! 셋!"을 외치면 훨씬 덜 아팠다. 내가 나한테 응원하는 소리였기 때문이다. 더구나 동료들이 하나 둘 셋을 외쳐주면 더 견디기 쉬웠다.

힘들고 괴로울 때일수록 내게 박수를 쳐주고 남이 힘겨워할 때 같이 소리쳐주는 것은 삶의 멋진 지혜다.

비극이 뭉클하지만

이야기가 슬프게 마무리되면 비극이라 하고 해피엔딩이면 희극이라고 한다. 누구나 자기의 사랑이나 인생은 희극이기를 바라기 마련이다. 그러나 남의 사랑 이야기는 해피엔딩보다 비극적인 결말일 때 더욱 뭉클해지는 경우가 많다.

고려가요 「만전춘」의 앞 소절은 이렇다.

얼음 위에 댓잎자리 보아 님과 내가 얼어 죽을망정
얼음 위에 댓잎자리 보아 님과 내가 얼어 죽을망정
정든 오늘 밤 더디 새오시라 더디 새오시라

'얼어 죽을망정 오늘 밤 더디 새오시라'라는 간절한 말에는 사랑하는 사람과 더는 같이 있을 수 없으리라는 안타까움이 배어있다. 이 작품의 결말이 해피엔딩이었다면 맛깔스럽지 않았을 수도 있다.

고려가요 「가시리」에 '가시는 ᄃᆞᆺ 다시 오소서'라는 애타는 연인의 가슴앓이가 담긴 소절이 없었다면 이 노래는 그리 많은 사랑을 받지 못했을지도 모른다.

시구는 비극적인 게 가슴 뭉클하겠지만 사람 사이에는 서로의 삶이 희극이기를 빌어주고 희극이 되길 거들어주어야 감동적이다.

하지 않은 것들

세월이 흐르고 나이 들어보면 알게 된다. 후회되고 아쉬운 것들은 대개 '하지 않은 것'과 '했어야 하는 것들'이라는 것을. 우리가 이만큼 살 수 있는 것은 누군가 무엇인가를 했기 때문이다.

당장 전기가 없다고 가정해보자. 아니 냉장고와 보일러와 자동차와 휴대전화와 컴퓨터가 없다고 가정해보자. 보통 불편한 게 아닐 것이다.

우리가 그런 문명의 이기를 편리하게 사용할 수 있게 해준 사람들의 수고를 생각한다면, 나도 세상에 조금이라도 보탬이 되는 사람이 되어야겠다는 생각을 하게 될 것이다.

기억 속에 남는 삶

아프리카 스와힐리족은 사람이 죽어도 누군가 그를 기억하고 있으면 그는 아직 살아있다고 여긴다. 이를 사사(sasa)라고 한다. 그가 진짜 죽는 때는 그를 기억하는 사람이 아무도 없을 때이다. 이를 자마니(zamani)라고 한다.

지금 떠올려보자. 내가 사사로 기억할 사람과 나를 사사로 기억해줄 사람을. 오래도록 기억 속에 남는 삶을 살자.

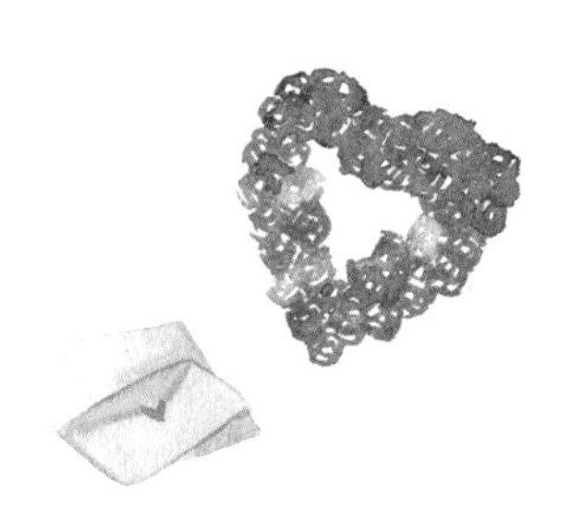

잘 버리고 잘 갖는 사람

사람은 약 860억 개의 뇌세포(뉴런)를 가지고 태어난다. 그래서 사람은 뇌의 지배를 받으며 살아간다.

비만을 스트레스의 다른 이름이라고 하기도 한다. 스트레스를 극복하는 데는 많은 에너지가 필요하기 때문에 뇌가 보다 많은 육식 섭취를 요구하게 된다. 말하자면 스트레스를 이겨내기 위한 내 몸의 전략적 선택이 음식을 많이 먹는 것이고 그 결과가 비만인 것이다.

이것은 서양 사람들을 대상으로 비만을 연구한 학자들의 주장이지만, 우리나라 사람들의 비만 비중이 빠른 속도로 느는 것도 알게 모르게 스트레스가 늘어난 탓인지도 모른다. 비만을 막기 위해서는 스트레스를 덜 받으려고 애쓰지 말고 받은 스트레스를 잘 버리는 훈련을 해야 한다.

현명한 사람은 버릴 걸 잘 버리고 가져야 할 걸 잘 가지는 사람이다.

마음의 직효약

학기 말 종강 시간, 앞으로 살아갈 날을 걱정하는 제자들에게 '내 보물은 무엇인가'를 써보라고 했다. '지금의 나, 내 몸, 내 영혼, 애인, 부모님, 친구'가 많았는데, 그중 '그때그때 달라요'라는 말에 고개를 끄덕인 적이 있다. 그다음에 '나는 지금 무엇의 노예인가?'를 적어보라고 했더니 '돈, 명예, 취업, 인물, 미래, 근심 걱정, 연인, 출세'가 많았다. 물론 '그때그때 달라요'도 있었다.

집집마다 약상자가 있을 텐데, 열어보면 갖가지 약이 있기 마련이다. 어디에 사용하는 약인지 모르는 것도 있고, 유효기간이 지난 것이며 유효기간을 모르는 것도 있을 것이다. 약상자를 보면 내가 어떤 병에 잘 걸리는지를 알 수 있다.

육신의 아픔에는 치료제가 무수하게 많을 수밖에 없다. 그러나 마음의 아픔을 치료하는 약은 매우 소박하고 거의 공짜에 가깝다는 사실을 잊어서는 안 된다.

마음의 직효약은 바로 희망이다. 희망은 유효기간도 없다. 그냥 삼키기만 하면 된다.

잃은 사람의 마음

자식을 잃은 부모가 미아를 찾느라 직장도 그만두고 전국을 헤매고 다닌다는 안타까운 기사를 접하곤 한다. 우리가 조금만 관심을 기울이면 가슴 미어지는 부모의 한을 풀어줄 수 있으련만 아직도 미아의 숫자가 너무 많다는 현실 앞에 가슴이 시리다.

일간신문에 연재소설을 쓰던 시절, 신문사에 얼추 한 달치 소설 원고를 넘기면 삽화가가 신문사에 들러 그 원고를 가지고 가서 읽고 그림을 그린 뒤 다시 신문사에 넘기곤 했다. 그러던 어느 날 화가가 택시에 내 연재소설 뭉치를 놓고 내렸다. 다급한 연락을 받고 방송국에 부탁하여 방송도 해보고 경찰서에 연락도 해보았지만 끝내 돌아오지 않았다. 어느 신문 연재소설, 몇 회분, 작가 이름이 쓰여있는 원고지인데도 종적을 감추었다.

승객이 보았든 택시기사가 보았든 본인에게는 별것 아니겠지만 잃은 사람에게는 매우 소중한 것임을 알 터인데도 수십 년이 지난 지금까지도 종무소식이다.

길에서 주운 주민등록증을 우체통에 넣어주는 작은 배려가 우리 사는 세상을 보다 아름답게 한다. 남에게 베풀면 반드시 내게 돌아오는 게 세상살이의 변치 않는 이치이므로.

천사와 보살

누군가를 10분 동안 미워하고 싫어하면 내가 10분 동안 악한이 되고, 누군가를 10분 동안 용서하고 사랑하면 10분 동안 천사가 되거나 보살이 된다.

우리가 살고 있는 현실 세계에서 천사와 보살이 있으랴만 매년 어김없이 어려운 이웃에게 따뜻한 손길을 내미는 전주의 어떤 분을 '이름 없는 천사'라고 부른다.

천사와 보살은 살아있는 존재가 아니라 '따뜻한 행위'를 보여줄 때의 그 마음과 행위인 것이다.

연말에 '사랑의 온도계'가 하늘을 찌를 듯 올라갈 때 우리나라에는 참으로 많은 천사와 보살이 있다는 걸 알 수 있다.

금강산의 겨울

겨울 여행 중에 가장 기억나는 것은 금강산의 겨울 풍경이다. 눈발이 휘몰아치고 칼바람이 매서워 정상에 오르는 게 마치 에베레스트를 오르는 것만큼이나 힘겨웠지만 금강산의 장엄함과 변화무쌍함은 잊을 수가 없다.

금강산의 제 모습을 보려면 나뭇잎이 다 떨어져 암석들과 1만 2천 봉이 고스란히 뼈처럼 드러난다는 겨울 산, 즉 개골산(皆骨山)을 봐야 한다고 했다. 새싹 돋고 화사하게 꽃이 피고 숲이 우거지거나 온통 단풍이 들어 아름다울 때는 금강산의 속살을 볼 수 없기 때문이다. 그런 뒤에 봄, 여름, 가을의 금강산을 봐야 제대로 감상한다는 것이다.

사람도 좌절, 실패, 시련, 고통을 겪을 때 그 사람의 진정한 가치를 발견할 수가 있다. 시련 없는 영웅이 어디 있으며 좌절 없는 성공이 어디 있겠는가. 봄꽃이 아름다운 것은 삭풍에 메말랐던 그 시련의 세월 때문임을 누구나 안다.

그냥 해주면 되는 말

젊은 시절에 소설을 쓰기 위해 민속학을 공부하며 틈틈이 무당과 점쟁이를 찾아다닌 적이 있다. 면전에서 녹음을 할 수 없어 일일이 받아 적은 말을 나중에 정리하여 소설로 썼다. 그런 인연으로 속을 터놓고 친하게 지내는 점쟁이에게 가장 용한 점쟁이가 누구냐고 물었다. 그의 대답은 아주 간단했다.

"가장 용한 점쟁이는 상대가 원하는 게 무엇인지를 알고 그 마음을 편안하게, 그가 듣고 싶은 말을 들려주는 사람이지."

인간관계도 그렇다. 상대가 듣고 싶은 말을 해주는 게 돈이 들거나 시간이 걸리거나 복잡한 게 아니다. 그냥 해주면 되는 것이다. 사랑한다, 멋있다, 매력적이다, 곁에 있어서 기쁘다, 영혼에서 향기가 난다는 말 한마디……. 그냥 한번 해보면 상대만 기쁜 게 아니라 메아리가 되어 나를 기쁘게 한다.

사람다운 삶

이야기가 있는 인생을 살아라. 그것이 진짜 사람다운 인생이다. 온갖 시련과 고뇌를 극복한 오기와 열정은 사람들을 감동으로 울렁거리게 한다. 시련을 극복하지 못한 사람에게는 깊은 감동이 없다.

창업 세대의 자서전이 감동적인 것은 무수한 이야깃거리가 있기 때문이다. 창업 2세에게 이야깃거리가 별로 없는 것은 부모 덕으로 산 탓이고 감동적인 시련 극복기가 없기 때문이다.

이야깃거리가 되는 사람으로 살아야 진짜 사람다운 인생을 사는 것이다.

죽음을 상상하면

명상수련 중에 '내일 죽는다는 가정을 하고 유서를 작성'하는 시간이 주어졌다. 언젠가는 분명히 죽는다는 걸 알지만 막상 유서를 쓰려니까 먹먹해졌다. 한동안 무슨 이야기를 써야 할지 막막했다. 그러다가 문득 회한과 후회와 아쉬움과 그리운 것과 못다 한 것과 하고 싶어 안달하던 것과 신나게 놀지 못한 것과 지극히 사랑하지 못한 것 들이 마구 쏟아지기 시작했다.

죽음 명상을 해본 적도 있다. 내가 죽었다는 가정을 하고 슬퍼하는 가족과 지인들을 떠올려보고 장례 절차와 관에 들어가는 과정까지, 그리고 한 줌의 재가 되거나 땅에 묻히는 과정까지 상상해보았다. 지금 내가 살아있는 게 천하에 둘도 없는 황홀경인데 건성으로 살고 있다는 것을 알게 되었다.

아끼지 말자

우리는 흔히 돈, 집, 명예, 권력, 부부, 자식을 내 것이라고 생각하곤 한다. 그것이 정말 내 것이라면 죽을 때도 가져가야 할 텐데 아무것도 가져갈 수 없을뿐더러 따라오지도 않는다. 결론은 그 모두가 내 것이 아니므로 살아있는 동안 잘 사용해야 한다는 것이다.

그것들은 살아있는 동안에 아끼지 말고 마음껏 써먹어야 한다. 내 것이 아니라 살아있는 동안만 사용권을 인정받고 빌린 것이라고 생각하는 사람이 현명하다.

못 한 개 박으려고 망치를 빌렸다면 되돌려주기 전에 망치질할 걸 모두 한 뒤 돌려주어야 한다. 하물며 내 인생에서 사랑, 재능, 재력, 열정은 남김없이 사용하는 것이 진정 잘 사는 방법이다.

내 몸도 마음도 아껴서는 안 된다. 지나치게 사용하면 탈이 나지만 적절히 사용하면 살맛이 나기 마련이다.

늘 온화하게

더러 뜨거운 걸 만져 손을 데는 경우도 있고, 뜨거운 걸 마시다가 입천장이 데거나 엉겁결에 꿀꺽 삼켜 목구멍이 따가울 때도 있다. 그럴 때마다 '1분만 참을걸' 하고 후회한다. 사물이 내 몸보다 많이 뜨겁기 때문에 데는 것이다. 만약 사람 몸이 100도라면 펄펄 끓는 물을 마셔도 상관이 없을 것이다. 목욕탕 물의 온도가 36.5도 정도면 성인이 첨벙 뛰어들어도 괜찮다.

그렇다면 영혼의 온도는 몇 도쯤 되는 것이 가장 좋을까. 열렬하게 사랑할 때는 100도쯤 돼서 자칫 서로에게 화상을 입히기도 한다. 사랑이 식으면 원망도 하게 된다.

사랑의 상처도 입천장의 화상처럼 보이지 않는다. 그래서 영혼의 온도를 인체의 온도에 맞추어 36.5도로 유지하는 게 현명하다. 너무 뜨거운 게 오래 지속되어도, 너무 차가운 게 오래가도 좋지 않다. 사랑의 온도와 육체의 온도를 맞추는 게 가장 건강한 것이다.

김홍신

하루사용설명서

하루사용설명서

초판 1쇄 2019년 1월 15일
초판 6쇄 2024년 10월 20일

지은이 | 김홍신
펴낸이 | 송영석

주간 | 이혜진
편집장 | 박신애 **기획편집** | 최예은 · 조아혜 · 정엄지
디자인 | 박윤정 · 유보람
마케팅 | 김유종 · 한승민
관리 | 송우석 · 전지연 · 채경민

펴낸곳 | (株)해냄출판사
등록번호 | 제10-229호
등록일자 | 1988년 5월 11일(설립일자 | 1983년 6월 24일)

04042 서울시 마포구 잔다리로 30 해냄빌딩 5 · 6층
대표전화 | 326-1600 **팩스** | 326-1624
홈페이지 | www.hainaim.com

ISBN 978-89-6574-676-8